꿈을 향해 거침없이 도전하라

꿈을 향해 거침없이 도전하라

1판 1쇄 발행 2008년 5월 20일
1판 6쇄 발행 2021년 12월 30일

지 은 이 엄홍길
펴 낸 이 신혜경
펴 낸 곳 마음의숲

대　　표 권대웅
편집주간 박현종
편　　집 채수회
디 자 인 임정현 박기연
마 케 팅 노근수

출판등록 2006년 8월 1일(제2006-000159호)
주　　소 서울시 마포구 와우산로30길 36 마음의숲빌딩(창전동 6-32)
전　　화 (02) 322-3164~5 팩스 (02) 322-3166
이 메 일 maumsup@naver.com
인스타그램 @maumsup
용지 (주)타라유통 인쇄·제본 (주)에이치이피

ISBN 978-89-92783-08-8 (03810)

*값은 뒤표지에 있습니다.

인류 최초 16좌 완등 신화 엄홍길의 도전정신

꿈을 향해 거침없이 도전하라

엄홍길 지음

새는 날고, 물고기는 헤엄치고,
사람은 '오른다'

세상에서 가장 높다는 8000미터급 16좌를 지구상에 있는 사람으로서는 처음으로 모두 올랐습니다. 작년 5월 31일 마지막 16좌 로체샤르를 오르고 내려와 산을 돌아보는데 저기서 어떻게 살아서 돌아왔을까 하는 생각이 들었습니다.

내가 아무리 경험이 많고 체력과 정신력이 뛰어나다해도 8000미터 이상 올라가면 어느덧 인간의 능력을 벗어나는 것입니다. 산이 나를 받아 주어야만 하는 것이죠. 8000미터의 산을 서른여덟 번 오르면서 겪었던 수많은 위험과 고비를 생각하면, 사실 나는 죽은 목숨이나 다름이 없습니다.

히말라야는 왜 나를 살려서 돌려보내 준 것일까. 문득 세상으로 나가 무엇인가를 하라고 돌려보내 준 것 같은 생각이 들었습니다. 카트만두를 떠나 비행기에 몸을 싣고 한국으로 돌아오는데 그 생각이 더욱 확실해졌습니다. 히말라야에서 받은 깊은 은혜를 산으로 되돌려 드려야겠다는 생각이 들었습니다. 그것이 히말라야의 산들과 신이 나를 살려서 돌려보낸 이유였습니다.

나는 지금 제2의 인생을 시작하고 있습니다. 신체 장애로 어려움을 겪는 친구들, 지적 장애인들, 그리고 예기치 않은 화재로 온몸에 화상을 입은 어린이와도 산에 올랐습니다. 서른여덟 번의 히말라야 산행에서 수도 없이 겪은 실패, 좌절, 실의, 도전, 희망들이 그들의 인생에 있어서 획기적인 사건이자 엄청난 변화이며, 그것에서 용기를 얻게 된다는 것을 알게 되었습니다. 기뻤습니다.

체코의 마라톤 선수, 에밀 자토펙이 이런 이야기를 했습니다.
"새는 날고, 물고기는 헤엄치고, 사람은 달린다."
그런데 나는 그의 말을 이렇게 수정해 봅니다.
"새는 날고, 물고기는 헤엄치고, 사람은 오른다."라고.

이 세상 모든 사람은 지금 오르고 있는 중입니다. 빌딩을 오르고 있고, 고등학교에서 대학교를 오르고 있고, 대리에서 과장, 그다음 부장으로 오르고 있고, 총각에서 아버지로, 아가씨에서 어머니로 오르고 있습니다. 그러나 중요한 것은 그러한 오름만이 아닙니다. 바로 나를 오르고 있는 것입니다. 우리가 살아가는 이유, 우리가 이 세상에 온 이유는 나를 오르고, 나의 정신과 영혼을 더 높이 성장시키기 위한 것입니다.

더욱더 중요한 것은 '올랐다'라는 결과가 아니라 오르는 '과정'입니다. 과정은 언제나 힘들게 마련입니다. 그 힘든 과정을 즐겨야 합니다. 정상의 기쁨은 아주 잠시뿐입니다. 산은 나에게 바로 그런 것을 가르쳐 주었습니다. 마음속에서 수없이 불어오는 자만과 언제 어디서 튀어나올지 모르는 교만, 자아를 버리고 한 걸음 한 걸음씩 나를 올라야 한다는 가르침을.

달리기를 할 때마다 항상 선두에서 뛰던 에밀 자토펙에게 있어서 가장 힘든 경쟁자는 바로 자기 자신이었다고 합니다. 너무도, 충분히 이해하는 말입니다. 나를 오르는 가장 힘든 경쟁자는 바로 나 자신인 것입니다.

그런 이야기를 쓰고 싶었습니다. 열여섯 개의 봉우리를 오른 등정기가 아닌, 나 자신과 싸운 이야기, 나 자신과 싸워야 할 이야기, 불굴의 도전정신, 희망과 꿈과 용기를 젊은이들에게 그리고 힘들어 하는 사람들에게 들려주고 싶었습니다.

16좌 등정을 마치고 돌아오자 수많은 기업과 관공서, 학교, 지방자치단체, 복지기관 등지에서 강의 요청이 들어왔습니다. 몸과 시간이 되는 한 달려갔습니다. 그들에게 꼭 들려주고 싶었던 이야기가 있었습니다. 그 이야기를 한 권의 책으로 묶었습니다.

작년 12월, 남극 대륙의 최고봉 빈슨매시프를 등정하고 와 틈만 나면 글을 썼습니다. 이렇게 책을 낼 수 있게 된 것은 무엇보다 강의 덕이 컸습니다. 강의 노트를 정리하기도 하고, 생각이 막힐 때는 히말라야를 오르던 사진을 보면서 글을 썼습니다. 때로 아내가 나의 구술을 받아 적어 주기도 했습니다. 무엇보다 문장을 잘 다듬어 준 도서출판 마음의숲 편집부의 도움이 컸습니다.

산을 내려와서 산을 보면 산은 언제나 그 자리에 있고, 산에 오르면 그곳에는 산이 없었습니다. 그렇게 나는 산의 일부이고, 산은 나의 전부입니다. 히말라야의 산과 신들이 나에게 가르쳐 준 정신이 여러분들이 살아가는 데 크나큰 도움이 되었으면 합니다.

| 차례 |

새는 날고, 물고기는 헤엄치고, 사람은 오른다

이 세상에 길이 없는 곳은 없다. 지금 이곳이 길이 아니고, 길이 막혔다고 생각하는 사람에게만 길이 없다. 길을 가다가 높은 암벽을 만나도 오르면 그것이 길이고, 끊어진 낭떠러지가 나오더라도 로프를 타고 내려가면 길이 되는 것이다. 길의 진정한 의미는 있는 길을 걷는 것이 아니라 없는 길을 개척하는 것이다. 걷지 않는 길에 도전하는 것이다.

삶은, 과정입니다

산을 오른다는 것은 산속으로 들어간다는 것입니다. 산속으로 들어가면서 산을 알게 되고, 배우게 되고, 또 이해하게 됩니다. 이해의 진정한 뜻은 아래에 선다는 것 'Under-Stand' 입니다. 산으로 오르지만 산 아래에 서야 이해할 수 있다는 뜻이지요.

산뿐만이 아닙니다. 아이들을 제대로 가르치려면 아이들의 눈높이에 맞춰 서야 하는 것과도 같습니다. 사랑이나 부부관계에 있어서도 마찬가지입니다. 진정한 이해는 위에 서는 것이 아니라 바로 Under-Stand, 아래에 서는 것입니다. 그래야 대화가 되고 존중하게 되는 것이지요. 서로가 아래에 서려는 마음이 있다면 그때는 대화도 이해도 필요 없습니다. 그저 눈빛만 보아도, 표정만 보아도 서로를 알게 되는 이심전심이니까요.

미국의 산악인이자 대법관이었던 윌리엄 오 더글러스가 이런 말을 했습니다.

"산을 좀더 잘 알게 되고, 그것을 자신의 일부처럼 받아들이게 되면, 인간의 내면에 잠재하고 있는 공격성은 많이 둔화된다. 인간이 인간과 투쟁할 때는 질투, 시기, 좌절, 쓰라림, 증오 같은 것을 배우게 된다. 하지만 산과 투쟁할 때 인간은 자신보다 거대한 존재 앞에서 고개 숙일 줄 알게 되고, 그런 과정을 통해 평온, 겸허, 품위 같은 것을 배우게 된다."

어느 순간 나는 깨달았습니다. 산은 오르는 것이 아니라, 정복이 아니라 그 아래에 서는 것이라고. 산 정상에 서 있어도 산 아래 서 있다는 것, 비로소 산을 이해하게 되면 그런 경외감과 겸허함이 생긴다는 것을 말입니다.

히말라야가 아닌, 우리나라의 명산을 사람들과 함께 오르다 보면 대부분 정상만을 생각하고 오릅니다. 정상만을 향해 땀을 뻘뻘 흘리고 숨을 헉헉거리며 오릅니다. 정상을 밟고 올라서 오직 저 발아래를 내려다보려고만 합니다.

"야호!"

소리도 지릅니다.

"정상에 서서 맑은 공기를 마시니 좋구나!"

"정상에서 바라보니 저 아래 세상이 너무 작구나. 우리가 너무 버둥거리고 사는구나."

짙은 안개가 나의 몸을 덮었다. 한치 앞도 보이지 않는 세락지대를 통과했다. 아직 8000미터 정상은 그 위엄을 드러내지 않았고 산과 나의 사투는 계속되었다. 비껴갈 수 없는 과정이었다.

조금 더 나아가 이런 생각을 하는 사람도 있습니다.

그러나 조금 다르게 생각해 보십시오. 내가 산 정상을 밟고 서서 세상을 내려다보고 있는 것이 아니라, 내가 정상에 서서 저 세상을 올려다본다는 생각 말입니다. 그러면 우리가 저 아래 세상에서 얼마나 교만하게 욕심을 부리며 사는지 알 수 있게 될 것입니다. 저 속이 얼마나 숭고하고 아름다운 곳인지 그리하여 내가 저곳에서 어떤 마음으로 살아야 하는지 알게 될 것입니다.

산에 올라가서 세상을 내려다보지만 말고 한 번쯤 세상을 올려다보세요. 산이 높으면서도 그만큼 깊다는 것을 알게 될 것입니다.

산은 정상이라는 목표가 아니라 올라가는 동안의 과정입니다. 숨이 차오르는 고통과 싸워 이겨 내는 극복정신이 사물을 새로이 보게 합니다. 그냥 걸어가는 것과 달리 한 걸음 한 걸음 신중하게 발을 내디뎌야 하고, 또 어떨 때는 없는 길도 개척해야 한다는 것을 기억해 두어야 합니다. 때문에 평소 보이지 않던 것들도 보게 되는 것입니다.

"산을 올라오면서 무엇을 보았습니까."

산을 오르는 사람들에게 물으면 대부분 대답을 못합니다.

"그냥, 뭐. 나무랑 돌, 그런 거요."

여럿이 같이 오르되 혼자 오른다고 생각해 보세요. 산을 오르는 도중에 보고 느낄 수 있는 것들이 너무나 많습니다. 향기, 돌의 생김새, 나뭇잎의 모양, 그런 것들을 조금씩 느끼고, 보는 연습을 하면서 오르면 산을 더 이해할 수 있게 됩니다.

산속에 핀 꽃들, 산나물들, 야생화가 보이고 저 나무는 왜 북쪽으로 휘어졌을까? 하는 질문까지 한다면, 숲 생태 연구가쯤 되어야겠지요. 그쯤은 아니더라도 산으로 오르는 동안 보는 것과 느끼는 것이 있어야 합니다. 물론 아무 생각 없이 마음을 내려놓고 편안하게 오르는 것도 좋은 산행이지요.

산행은 힘든 가운데 나를 들여다보게 하면서 밖의 풍광들도 보게 해 줍니다. 산을 오른다는 것은 그 산과 이야기를 나누는 것입니다.

요즘 히말라야를 오르는 산악인들은 정상을 밟는 것만 중시하는 결과로서의 산이 아니라, 그 과정에 더 큰 의미를 두고 있습니다. 산악정신을 내세우는 것이죠. 우리가 사는 인생도 마찬가지입니다. 정상이라는 먼 미래만 보고 산다면 지금이라는 과정은 늘 힘들기만 할 것입니다.

힘들고 지칠 때 잠시 쉬어 불어오는 바람 한 줌에 시원함을 느끼는 것, 작은 한 줄기 바람에도 행복을 느끼는 것. 인생이라는 산봉우리도 그렇게 올라야 하는 것이 아닐까요.

도시라는 봉우리, 빌딩이라는 봉우리, 계급과 직급의 봉우리, 그리고 사람이라는 봉우리를 오르려면 언제나 그 봉우리 아래 서세요. 올라가는 과정을 즐기며, 그 순간을 사랑하며, 또 치열해져 보세요.

살아가면서 도전은 늘 필요합니다. 하지만 그 속에 겸허함과 진정한 이해와 경외감이 없다면, 그 도전의 대상인 정상은 오직 욕심과 욕망의 봉우리가 될 뿐입니다.

한 걸음의 힘

티베트에서 중국의 침략을 피해 80세가 넘은 노스님이 히말라야를 넘어 인도에 왔다. 그때 기자들이 놀라서 노스님에게 물었다.

"어떻게 그 나이에 그토록 험준한 히말라야를 아무 장비도 없이 맨몸으로 넘어올 수 있었습니까?"

노스님의 대답이었다.

"한 걸음 한 걸음 걸어서 왔지요."

법정 스님의 『홀로 사는 즐거움』 중에 나오는 문구입니다. 내가 좋아하고, 마음에 새기고 있는 글이지요. 아무리 험준한 히말라야도 한 걸음씩 시작해야 합니다. 성큼성큼, 빨리빨리 걷는 한 걸음이 아니라, 아주 천천히 느리게 한 걸음씩 걸어야 하는 것이죠. 무거운 배낭을 메고 빨리 걷다 보면 금세 지쳐 버리거든요. 멀고 험한 산행에서 체력 안배를 하려면 평상시 걷는 걸음의 보폭보다 작고 느리게 걸어야 합니다.

4000미터를 지나 5000미터, 6000미터를 오르면서부터는 더 천천히 걸어야 합니다. 고지가 높아질수록 산소가 부족해 숨이 차옵니다. 때문에 빨리 산을 오를 수도 없지만, 자칫 발을 잘못 디디면 크레바스(빙하의 표면에 생긴 깊은 균열)에 떨어져 묻혀 버리게 됩니다.

"하악, 하악, 하악!"

한 걸음 한 걸음 옮길 때마다 걸음보다 더 많은 호흡을 뿜어냅니다. 발 저 끝에서부터 내장과 폐, 심장을 거쳐 코와 목구멍으로 뿜어져 나오는 거친 호흡을 히말라야의 신들은 듣습니다.

"오! 신이시여, 당신께 귀의합니다. 저를 받아 주소서! 나마스떼!"

머리가 터질 것처럼 아프지만 그럴수록 내 마음은 신에게 간절히 기도합니다. 8000미터 정상으로 가는 길은 너무나 멀고 힘이 듭니다. 한 걸음을 옮기는 데 1분, 어느 때는 그보다 더 길게 한 걸음을 옮깁니다.

8000미터를 오르내릴 때마다 나는 한 걸음의 위대함을 생각합니다. 축지법을 쓰는 도인보다, 100미터 달리기를 9초대에 끊는 육상 선수보다, 그 어떤 고속 열차나 제트기보다 더 위대하고 빠른 것이 바로 한 걸음입니다. 한 걸음에는 그 모든 것들의 의미가 담겨 있습니다.

언젠가 장애인 친구들과 함께 히말라야를 오른 적이 있습니다. 많은 사람들과 산행을 했지만, 특히 장애인 친구들과 히말라야를 오를 때는 몇 배 더 긴장되고 신중했습니다. 도처에 위험이 도사리고 있는 히말라야를 오른다는 것은 일반 산행도 힘든 아이들에겐 보통 일이 아니었습니다.

산행을 시작하기 위해 장애인 친구들 앞에 섰을 때 나는 다른 산악인들과는 달리 그들에게서만 뿜어져 나오는 에너지를 느꼈습니다. 무언가 알 수 없는 강한 에너지, 그것은 바로 그들의 의지였습니다. 무섭지만, 두렵지만, 어렵고 힘든 도전을 통해 자신을 이겨 내겠다는 불굴의 의지가 느껴졌습니다.

'히말라야에 오르기로 결심한 그 순간까지 얼마나 힘들었을까. 체력을 단련하기 위해 얼마나 많은 훈련을 했을까.'

그들의 결의가 산에서 첫날 밤을 보내며 바라보는 별처럼, 아프면서도 아름다웠습니다.

세상에서 가장 느린 한 걸음. 8000미터까지는 아니지만 우리가 정해 놓은 목표 구간까지 그들과 함께하는 산행은 가톨릭에서 드리는 미사와도 같고, 불교에서 드리는 삼천 배와도 같았습니다. 한 걸음 한 걸음이 모두 꽃 같았습니다.

세상에 그 어떤 아름다운 외모를 지닌 사람들보다도, 그들의 마음 속 내모는 정말로 아름답고, 따뜻하고, 잘생겼습니다.

이른 새벽안개 속에서 피어나는 연꽃을 본 적이 있습니다. 햇볕 아래 빨강, 노랑, 보라, 화사하게 피어나는 꽃들과 달리 연꽃은 마치 자신의 내면을 보여 주고 있는 것 같았습니다. 진흙 속에서 피어나는 연꽃! 바로 그 친구들이 그랬습니다. 걸을 때마다 푹푹 빠지는 진흙탕 같은 세상이지만 오히려 그 진흙을 자양분으로 딛고 일어서 내면의 아름다움을 피우는 연꽃.

장애인 친구들이 정상에 도달해 서로 부둥켜안고 우는 모습을 보면서 나는 생각했습니다. 이 세상에서 가장 아름다운 꽃은 힘든 고난과 역경 속에서도 자신과의 싸움에서 이긴 후 흘리는, 바로 눈물꽃이라는 것을 말입니다.

'큰 산을 하나 넘었다!' 라는 말이 있습니다. 어떤 큰일이나 힘든 일을 무사히 치룬 뒤 하는 말입니다. 삶의 큰 산 하나를 넘었을 때 자신감이 생기고 마음의 시야가 넓어지는 것처럼, 실제로 산 하나를 넘고 내려오면 그런 마음이 생깁니다. 힘들고 고통이 따르지만, 그 과정을 이겨 내고 자신 안의 또 하나의 세계를 깨고 나오는 사람들은 다르다고.

헤르만 헤세는 말했습니다.

"새는 알에서 나오려고 싸운다. 알은 새의 세계다. 태어나려고 하는 자는 하나의 세계를 깨뜨리지 않으면 안 된다."

새처럼 하늘을 날려면 자기의 알을 깨고 나와야 합니다. 그 과정은 고통과 두려움, 낯섦 속에 있습니다. 그것이 바로 희망입니다. 새싹이 땅을 뚫고, 찬바람 속으로 나오는 것.

장애인 친구들은 더 넓은 세상으로 나아가 하늘을 날 수 있을 것입

눈 속으로 푹푹 빠져 드는 발등을 끌어올리며 한 걸음 한 걸음 천천히 정상을 향해 나갔다. 턱까지 차오른 숨은 이내 끊어질 듯했지만 난 서두르지 않았고 꿈을 향한 내 의지도 굽히지 않았다.

니다. 진정한 삶이 무엇인지 힘든 산을 오르면서 배웠을 테니까요.

장애인 친구들과 잊지 못할 산행을 하고 다시 일상으로 돌아왔습니다. 사람들이 다니고 자동차들이 쌩쌩 달리는 도심을 걷다 보면 모든 사물의 속도가 너무도 빠르다는 생각이 듭니다. 모두 어디로들 저렇게 빨리 걸어갈까. 뒤도 돌아보지 않습니다. 웃지도 않습니다.

그들에게 말하고 싶습니다.

"천천히 걸으세요. 느리고 더딘 것 같지만 한 걸음 한 걸음, 천천히 생각하며 걸으세요. 걷다 보면 나무도 보이고, 푸른 하늘도 보이고, 혹여 매연 때문에 하늘이 보이지 않으면 매연을 없애야겠다는 생각도 들 것입니다. 그리고 궁극에는 내가, 우리가 어떻게 살아야 하는지 알 수 있습니다."

한 걸음. 어떤 일을 시작하기 전에, 어느 곳으로 가기 전에, 바로 첫 한 걸음을 뗄 때 먼저 생각합니다. 첫 걸음을 어떻게 떼야 하는지, 한 걸음 한 걸음 어떻게 걸어가야 하는지를.

네 번 쓰러져도 다섯 번 일어나라

권투 선수 홍수환을 아시지요? 1977년 핵토르 카라스키야와 WBA 주니어페더급 챔피언 타이틀 경기 때 네 번이나 KO를 당하고, 다시 일어서 승리를 거두었습니다. 4전 5기의 신화를 만들어 낸 불굴의 권투 선수죠. 그가 스물넷의 나이에 밴텀급 세계챔피언에 오르고, 그 후 주니어페더급 세계타이틀을 석권할 수 있었던 것은 자신감 때문이었습니다.

자신감! 실패나 패배에 가장 좋은 약이 바로 자신감입니다. 넘어져도 다시 일어서는 것은 자기 안에 그만큼 자신감이 있기 때문에 두렵지 않은 것입니다.

'나는 할 수 있어. 아홉 번 넘어지면 열 번이라도 일어날 수 있어!'

내면에 그런 자신감이 울리고 있다면 아무리 어렵고 힘든 일인들 해내지 못하겠습니까. 감히 말하거늘 지금 실패해 주저앉은 사람이 있다면 그것은 다시 일어나고 싶은 자신감이 없기 때문입니다. 네 번 실패하면 다섯번 째에 다시 일어서면 됩니다. 그러면 분명히 우뚝 설 수 있을 것입니다. 남이 아닌, 자신을 먼저 이긴 챔피언이 될 테니까요.

나에게도 4전 5기가 있었습니다. 안나푸르나8091미터를 등반할 때였습니다. 강의에 초청될 때마다 늘 하는 이야기지만 '풍요의 여신'이라는 뜻을 가진 안나푸르나는 나의 산행 중 가장 혹독하고 뼈아픈 기억을 남겨 준 산입니다. 네 번 실패하고 다섯 번 만에 등정하기까지 나는 사랑하는 동료이자 가족과도 같았던 셰르파 한 명을 잃었습니다.

1989년 동계 시즌, 처음 안나푸르나에 도전했을 때 풍요의 여신은 어림도 없다는 듯이 내게 마음을 열어 주지 않았습니다. 첫 등정에 실패하고 돌아온 그다음 해, 또 한 번 올랐지만 역시 실패로 끝나고 말았습니다. 그리고 세 번째 시도도 역시 실패로 돌아갔습니다.

'아! 안나푸르나의 여신이여! 제게 마음을 열어 주십시오.'

다시 그다음 해에 원정대를 꾸려서 네 번째 도전을 했습니다. 네 번째는 그래도 수월했습니다. 정상을 앞두고 날씨도 쾌청했거든요.

정상이 바로 눈앞에 보이자 기쁜 마음과 더불어 자만심이 생기기 시작했습니다.

"저곳을 왜 여태 오르지 못하고 세 번씩이나 실패를 했단 말인가."

마지막 정상을 눈앞에 두고 함께했던 셰르파가 앞서 길을 열었습니다. 그러나 셰르파는 몇 걸음 떼자마자 크레바스가 있어서 못가겠다고 말했습니다.

"건너뛰면 되잖아!"

나는 소리쳤지만 건너뛸 만큼 폭이 좁지 않다며 뒤로 물러서는 것이었습니다. 그 순간, 셰르파가 얼음 경사면 아래로 미끄러져 버렸습니다. 아차 하는 순간이었죠. 나는 순간적으로 셰르파를 살려야겠다는 생각에 로프를 잡았지만 로프가 내 발목을 감아 결국 함께 굴러떨어졌습니다.

"아!"

소리를 지르며 떨어지는 순간 수많은 생각들이 스쳐 지나갔습니다.

'이렇게 죽는구나!'

그러면서 가족을 비롯해 많은 사람들의 얼굴과 산을 오르다 유명을 달리한 동료들이 떠올랐습니다.

'그래, 내가 이렇게 죽으면 안 된다. 호랑이에게 물려 가도 정신만 차리면 산다고 했다. 정신 차리자! 정신 차리자!'

떨어지는 순간에도 이를 악물었습니다.

어느 순간 정지된 느낌이 들면서 추락하던 몸이 멈췄습니다. 공중에 매달려 있는 느낌 때문인지 눈을 뜨기조차 두려웠습니다. 혹시 눈을 떴을 때 어쩌면 그곳이 저승일지도 모른다는 생각이 들었습니다.

하지만 다행히도 셰르파와 난 모두 살아 있었습니다. 그리고 로프

죽은 악마의 바람 속으로 걸어 들어갔다. 뼈 속 깊이 박힌 쇠핀은 나의 육체를 자극할 뿐 정신을 지배하지는 못했다. 그때 나의 통곡과 절규는 마치 짐승의 울음소리 같았다.

에 묶인 채 눈에 박혀 버린 발을 천천히 빼냈습니다. 왼발을 먼저 꺼낸 다음 오른발을 꺼내는 순간 발 모양이 이상하다고 느꼈습니다. 발목이 180도로 돌아가 있었습니다. 엄지발가락이 보여야 할 자리에 뒤꿈치가 놓여 있었죠. 셰르파가 다리를 다시 맞추기 위해 발목을 잡고 힘껏 돌렸습니다. 우두둑 소리가 나며 발목에 엄청난 통증이 느껴졌습니다.

덜렁거리는 다리에 일단 대나무로 부목을 만들어 대고 로프에 의지해서 내려가 보기로 했습니다. 왼쪽 다리만 사용해서 바닥을 딛고 베이스캠프까지 내려가야 하는데 아무리 빨리 내려가도 족히 이틀은 걸릴 것 같았습니다.

로프를 붙잡고 왼발로 구르고 기다시피 다음 캠프에 도착해 하룻밤을 보냈습니다. 밤새 다리는 풍선처럼 부풀어 올랐습니다.

'이러다가 다리를 절단해야 하는 게 아닐까.'

그런 생각이 들다가도 통증이 심해지면서 정신이 혼미해졌습니다. 누구 한 명 의지할 수 없는 상황이었죠. 혼자 힘으로 산을 내려가야 했습니다. 다만, 내 옆을 지켜 주는 동료들이 있다는 것에 위안을 삼았습니다.

산을 기어 내려오면서 나는 기도했습니다.

'다리에 아무 이상이 없게 해 주십시오. 아무 이상이 없게…. 그래야만 제가 이곳에 다시 올 수 있습니다. 다시 와야 합니다. 올 것입니다. 저에겐 꿈이 있습니다. 목표가 있습니다.'

나는 그곳에 꼭 다시 갈 것이라는 다짐을 했습니다. 다친 다리가 빨리 나아서 집으로 돌아가는 것이 아니라, 산이 나를 받아 줄 때까지 또 오르겠다는 생각에 악착같이 산을 기어 내려왔습니다. 지금 생각하면 어디서 그런 용기가 솟구쳤는지 모르겠습니다.

그렇게 이틀, 생과 사를 오갔습니다. 설빙과 눈 속을 헤치며 아래로 아래로 내달렸던 끝에 나는 베이스캠프에 도착했고, 다시 그곳에서 헬기로 수송되었습니다. 현지 의사가 어떻게 살아서 돌아왔는지 기적이라고 이야기했습니다. 그리고 한국으로 돌아와 병원에 입원을 했습니다. 의사는 그 발목으로는 더이상 산을 오를 수 없을 뿐만 아니라 뛰지도 못할 것라고 말했습니다. 순간 정말 참담했습니다.

'바로 눈앞에 정상이 있는데 내가 산을 오르지 못하면 과연 무엇을 할 수 있단 말인가. 그래 포기하자!'라는 생각도 해 보았습니다. 물리치료를 받으며 집에서 요양을 하는 동안, 집 앞에 있는 원도봉산이 내게 말을 걸어오는 것 같았습니다.

'너는 할 수 있다. 할 수 있다. 분명히 할 수 있다.'

그것은 어느새 내 마음 깊은 곳에서 울려 나오고 있었습니다.

쇠핀이 박힌 다리를 끌며 삼각산에 올랐습니다. 통증에 눈물을 흘리며 백운봉 정상에 올랐죠. 사고를 당하고 5개월 만이었습니다. 그 순간 나는 안나푸르나에 다시 오를 각오를 했습니다.

그때 마침 스페인 산악인 친구 후아니토 오이아르자발이 자신의 14좌 완등의 마지막 코스로 안나푸르나에 오르려는데 함께 가자는 제안을 해 왔습니다.

그때야말로 정말 할 수 있다는 자신감이 솟구쳤습니다. 그러나 한편으로는 두렵기도 했습니다. 잘못되면 영영 걷지 못할 수도 있다는 의사의 말에 겁이 났지만, 안나푸르나에서의 실패로 겪은 두려움이 몰려와 악몽에 시달리는 게 더 괴로웠습니다. 그때마다 마음 한구석에 있는 나의 어머니 산, 원도봉산이 올라와 말했습니다.

'너는 할 수 있다. 할 수 있다.'

그리고 5개월 뒤, 대원들과 함께 안나푸르나로 떠났습니다. 의사는 물론 가족 친지, 주위 사람들 모두 나에게 미쳤다고 말했습니다. 그러나 내 마음은 이미 설렘으로 가득 차 있었습니다.

'미쳐라. 그러면 이루리라.'

네 번씩이나 실패한 안나푸르나에 다섯 번째 도전장을 내민 것은 그 산을 정복하고 싶다는 욕심 때문이 아니었습니다.

영영 걷지 못한다 해도 난 안나푸르나에 가야 했다. 나의 동료들이 유명을 달리한 그곳에 오르는 것이
내 도리를 다하는 것이라 여겨졌다. 그리고 결국 그곳에 오르고야 말았다.

실패를 거듭하게 되면서 산에 대한 경외심이 생기고, 산의 마음을 조금씩 알게 된 것이죠. 정상을 바로 앞두고 자만에 빠져서도 안 된다는 것을, 꼭 정상에 도달해야만 한다는 결과에 치중해서도 안 된다는 것을 어렴풋이 깨닫게 된 것입니다.

1999년 4월 29일, 다섯 번 만에 드디어 안나푸르나에 올랐습니다. 등정의 절반은 다리의 통증 때문에 거의 울다시피 올라야 했습니다. 안나푸르나의 정상에 오르자마자 나는 통곡을 했습니다. 나도 모르게 쏟아져 나오는 눈물이었죠. 서러움과 고통의 눈물을 흘리며 함께 산을 오르다 운명한 동료 대원들의 이름을 불렀습니다. 그리고 품에 가지고 간 그들의 사진을 정상에 묻었습니다.

산을 인간의 한계를 실험하는 대상으로 생각했던 나에게 안나푸르나는 '산이란 경외의 대상임'을 알려 주었습니다. 기고만장하고 오만했던 나를 안나푸르나가 일깨워 준 것입니다.

'산이 받아 주어야 오를 수 있다는 것, 산은 살아 움직인다는 것.'

그때부터 산의 내면이 보이기 시작했습니다. 어느 지점에서 눈사태가 일어날 것 같다, 낙석이 있을 것 같다, 크레바스가 있을 것 같다 하는 것들이 직감적으로 보였습니다. 그럼에도 불구하고 산을 알면 알수록 경외심과 더불어 죽음에 대한 공포도 커졌습니다.

다섯 번 만에 이룬 안나푸르나의 등정으로 나는 8000미터 봉우리 11좌 완등 기록을 세웠고, 스페인 친구는 인류 역사상 여섯 번째로

14좌 완등에 성공했습니다. 그때부터 나도 다시 히말라야 최고봉 8000미터 14좌를 모두 오를 수 있다는 자신감이 생겼습니다. 그리고 두 개의 위성봉까지 합쳐 16좌를 올라야겠다는 생각을 했습니다.

설연화

평균 5000미터가 넘는 곳에서는 아무것도 자랄 수 없습니다. 나무도 풀도 거의 없습니다. 오직 눈과 바람과 강추위만 있습니다. 그런데 거의 6000미터 지점에서 피어나는 꽃이 있습니다. '설연화' 라는 꽃입니다. 히말라야 고지 티베트 지역 만년설산에만 피는 그 꽃은 사람의 힘으로는 기를 수 없고, 히말라야의 새들이 먹고 난 배설물에 의해 번식되거나 바람에 꽃씨가 날려 번식됩니다.

설연화는 발견하기가 무척 힘든 꽃이자 귀하고 영험한 꽃으로 일컬어집니다. 남성의 기운에 도움을 준다고 해서 기화氣花라고도 합니다. 중국 무협소설에 가끔 등장하는 그 꽃은 죽음에 다다른 사람에게 먹이면 되살아난다는 전설을 가지고 있습니다.

히말라야를 여러 번 오르는 동안 몇 번 설연화를 보았습니다. 설연화를 보는 순간 '아!' 하고 감탄사가 나올 수밖에 없었습니다. 작지만 너무 예쁘고, 아름다운 여인이 눈바람 부는 길에 앉아서 나를 기다리고 있는 것만 같았습니다. 아무것도 자라지 않고, 오직 흙과 돌로 채워진 척박한 곳에 피어난 것과 눈이 쌓여 있는 곳에서 그 눈을 뚫고 피어오른 것을 보았습니다.

'어떻게 이런 황량한 곳에서 이토록 아름다운 꽃이 피어날까.'

우리나라에서 가장 일찍 피는 꽃 중에 복수초라는 것이 있습니다. 복을 가져다 준다고 해서 이름이 그렇게 붙여졌는데, 눈 속에서 핀다고 해서 더러 그 꽃을 설연화라고도 부릅니다.

나 또한 복수꽃을 본 적이 있습니다. 보통 꽃을 주제로 한 달력을 보면 1월 배경으로 그 꽃을 쓰곤 합니다. 눈 속에서 피어난 자그맣고 노란 복수초를 처음 보았을 때 무척 강인한 인상을 받았습니다. 하지만 히말라야 눈 속에서 핀 설연화를 보았을 때는 신비하다는 생각과 함께 너무 아름다워 보였습니다. 아마도 고된 산행 중에 발견해서 그랬을지도 모릅니다.

설연화는 복수초보다는 큰 꽃으로 잎은 초록색을 띠고 있습니다. 꽃봉오리를 닫고 있다가 눈이 내리면 봉오리를 연다는 설연화는, 눈 속에서 꽃을 피울 때 주변의 눈을 자신의 열기로 녹여 버립니다. 그 꽃의 뿌리를 캐어 보면 뿌리에서 김이 모락모락 나며 온기가 느껴집니다. '식물난로'라고도 불리는 식물이죠. 차가운 눈 속에 온기를 전하는 강인한 식물입니다.

'영원한 사랑'이라는 꽃말을 가진 설연화를 보다가 문득 '어쩌면

정상을 향한 캠프를 구축할 때마다 지현옥은 내게 말했었다. 아직 정상이 보이지 않는다고. 그리고 늘 같은 대답을 나는 지현옥에게 했다. 이미 네가 산에 들어와 있어서 보이지 않는다고. 자연의 품 안에 들어와 있는 것이라고.

그 꽃은 히말라야를 오르다가 유명을 달리한 여성 산악인들이 다시 꽃으로 피어난 것은 아닐까'라는 생각이 들었습니다. 영원히 히말라야를 사랑하기 위해서 말입니다.

촉망 받는 여성 산악인으로 떠오르다가 먼저 간 지현옥이 떠올랐습니다.

"홍길이 형! 어디가 정상이야?"

정상에서 내려오기 시작한 지 30여 분쯤이 지났을까. 예상했던 대로 지현옥과 셰르파 까미가 올라오고 있었습니다. 그녀는 나를 항상 형이라고 불렀습니다. 생사를 함께해야 하는 산악인들에게 성별은 무의미했기 때문이죠. 반갑게 내게 다가오며 물어보는 그녀의 컨디션이 생각만큼 나쁘게 보이지는 않았습니다. 다행이었죠. 나는 손을 들어 정상을 가리킨 다음 가지고 있던 무전기를 꺼내 그녀에게 건네주었습니다. 그리고 혹시나 하는 마음에 함께 하산하던 셰르파 다와에게 두 사람을 도와 다시 한 번 정상에 다녀오라고 부탁했습니다. 두 사람의 무사 등정을 믿었지만, 만에 하나

생길지도 모를 불상사를 염려했기 때문입니다.

"정상에 도착하면 베이스캠프로 무전을 날려라."

그녀와 헤어지기 직전, 시계를 보며 불러 세웠습니다. 그녀는 걱정하지 말라는 듯이 고개를 끄덕이더니 엄지손가락을 치켜세웠습니다.

지현옥과 헤어지고 네다섯 시간쯤 지났을까. 밖에는 어둠이 깔리기 시작했고 지현옥은 돌아오지 않았습니다. 초조한 마음에 랜턴을 꺼내 들고 한동안 먼 능선을 향해 흔들어 보았지만 별다른 불빛과 목소리는 들려오지 않았습니다. 검게 그을린 듯한 능선은 소름이 끼치도록 고요했습니다. 텐트 문을 열어 놓고 랜턴을 정상으로 향한 채 빌고 또 빌었습니다. 풍요의 여신에게 빌었습니다. 부디 살려서 보내달라고….

그러나 안나푸르나의 신은 지현옥을 데려갔습니다. 천천히 내려갈 테니 먼저 가라는 마지막 말과 함께…. 히말라야 흰 산을 너무나도 사랑했던 지현옥은 영원한 사랑이라는 꽃말을 가지고 설연화로 다시 피어났을 것입니다. 차가운 땅을 그녀의 온기로 따뜻하게 데우면서 말입니다.

히말라야에서 또다시 설연화를 볼 수 있을지 모르겠습니다.

서울의 겨울이 추워야 히말라야만큼 하겠습니까마는 이상하게도 도시에서 맞이하는 겨울은 춥다기보다 으스스합니다. 공기가 안 좋아서 그런 것일까요.

창동 쪽에 있는 아파트에서 살다가 수유리 4·19묘지 쪽에 있는 주택으로 이사를 했습니다. 첫 겨울을 맞이하던 어느 날 저녁, 진달래 능선을 따라 산을 내려와 집으로 돌아가는 길이었습니다. 젊은 아가씨 둘이 리어카에 군고구마통을 올려놓고 군고구마와 군밤을 팔고 있었습니다.

매서운 바람 때문이었을까, 아니면 사람들이 뜸한 거리라서 그랬을까. 그들이 너무 추워 보였습니다. 나는 그들이 안쓰러워 얼른 군고구마 한 봉지와 군밤 한 봉지를 샀습니다. 군고구마통을 열 때 열기가 올라오면서 목도리를 머리에 두른 그들의 얼굴이 발그레하게 빛났습니다.

문득, 그들이 설연화 같다는 생각이 들었습니다. 어떻게 보면 그들은 히말라야보다 더 춥고 냉엄한 현실에서 먹고살기 위해 숭고한 생존의 꽃을 피우고 있는지도 모릅니다. 겨우 군고구마 한 봉지를 팔고 환하게 웃는 그들의 미소가 이 세상 차가운 현실마저도 녹여 버릴 듯했습니다. 마치 도시에 피어오른 설연화 같았죠. 그리고 영원히 안나푸르나에 있을 지현옥을 떠올렸습니다.

구름 위에 떠 있는 산봉우리처럼

히말라야 14좌 등정을 마친 후, 다시 16좌 등정을 준비하던 2003년의 어느 여름날. 문득 내 발길은 서해 바다의 외딴섬, 백령도로 향하고 있었습니다. 먼 곳에 나아가 지금까지 걸어온 길을 돌아보고 심기일전할 수 있는 시간이 필요했습니다.

뱃길로 228킬로미터, 네 시간 정도 걸리는 바닷길은 다소 지루했습니다. 하지만 바다 한가운데 서서 파도를 가르며 달려가는 기분은 너무나 좋았습니다. 또 조타실에 들러 그곳에서 수고하시는 항해사들과 여러 이야기를 나눌 수 있었습니다. 그곳은 마치 비행기의 조종실처럼 복잡한 장치들로 가득했습니다.

백령도에 도착하자마자 내 발걸음이 향한 곳은 섬의 반대편에 있는 자그마한 항구였습니다. 서해의 만물상이라 불리는 두무진. 그곳에서 다시 작은 배를 타고 바다로 나갔습니다. 수억 년의 세월 동안 바다와 파도에 의해 형성된 자연의 예술 작품들. 선대암, 형제바위, 코끼리바위 등 천혜의 기암절벽들이 저마다의 아름다운 형상을 하고 우뚝 서 있었습니다. 또한 세계적인 희귀 동물이자 천연기념물 331호인 물범들과 검은 날개를 퍼덕이며 배를 따라오는 가마우지들도 나를 반겨 주는 듯했습니다.

섬 안으로 돌아와 내가 찾은 곳은 백령면 연화리 장골의 원시림 숲이었습니다. 떠나왔던 두무진과는 또 다른 매력을 지닌 곳이었죠. 끝없이 이어지는 계곡을 따라 펼쳐진 숲은 온통 초록빛으로 가득했습니다. 그리고 그곳에 가득한 새소리와 벌레 우는 소리들은 그 자체가 환상의 교향곡이었습니다. 여러 문제들로 고민하던 내 마음이 어느덧 자연의 품 안에서 정화되면서 평화로움을 되찾았습니다.

계속 숲을 헤치고 나아가니 푸른 바다가 드러났습니다. 외부에 아직 알려지지 않은 그곳은 백령면 남포리의 갈매기 서식지였습니다. 해변을 뒤덮을 정도로 수많은 갈매기들이 가득했습니다. 괭이갈매기의 새끼를 쓰다듬어 주며, 아직 날지 못하는 그 새가 하늘을 향해 힘차게 날아오를 수 있기를 기원했습니다. 그리고 새들로 가득한 바닷가를 힘껏 뛰어 보기도 했습니다. 갈매기들처럼 하늘을 나는 기분이 들어 무척 상쾌했습니다.

서해최북단비가 있는 백령호에 세계적인 희귀 조류인 노랑부리백로가 날아왔습니다. 그들은 우리나라에서만 번식하는 여름 철새입니다. 오랜 백령도의 터줏대감인 그들이 하얀 날개를 펴고 점잖게 날아

하늘 위, 구름은 바다처럼 넓게 퍼져 저 아래 세상을 감춰 버렸다. 간혹 모습을 드러내는 몇몇의 산봉우리들은 마치 섬처럼 고개를 들었고 구름은 물살이 되어 흘렀다. 고요했다.

다니는 모습, 물속에 반복해서 머리를 넣고 물고기를 잡는 모습이 참 인상적이었습니다. 섬에서는 유일한 호숫가에서 그들의 모습을 바라보며 나는 한동안 말없이 앉아 있었습니다.

많은 비가 내린 밤이 지나고 나의 발길이 향한 곳은 사곶해안이었습니다. 최근에 천연기념물 391호로 지정된 그곳은 도시의 아스팔트만큼이나 해변의 바닥이 단단했습니다. 조개가루가 파도에 깎이고 부서져 독특한 해변을 형성한 것이죠. 사곶해안은 물이 빠지면 폭이 200미터, 길이가 3킬로미터에 달한다고 합니다. 인천 공항의 규모에 뒤지지 않는, 이탈리아의 나폴리 해변과 더불어 세계에서 두 곳밖에 없는 천연 활주로인 셈입니다. 나는 그 해변에서 영화의 한 장면처럼 물살을 가르며 차를 몰았습니다.

사곶해안에서 그리 멀지 않은 곳에는 콩돌해수욕장이 있습니다. 동글동글한 오색의 돌로 가득한 그곳은 돌과 파도가 만나 다른 어떤 곳에서도 들을 수 없는 맑고 경쾌한 소리를 냈습니다. 돌이 튀어 오를 만큼 힘차게 해안을 오가는 파도는 그곳을 찾은 나그네의 마음까지도 시원하게 만들어 줍니다.

갯벌에 나아가 어촌 주민들과 함께 바지락과 모시조개를 잡기도 했습니다. 백령면 진촌리의 용기포 갯벌은 서해안에서도 손꼽히는 깨끗하고 넓은 갯벌입니다. 드넓은 갯벌은 마르지 않는 샘과 같은 섬사람들의 풍요로운 터전입니다. 발이 푹푹 빠지고 미끄러지는 흙의 느낌이 나는 무척 좋았습니다. 또한 어민들의 바구니를 보며, 삶은 노력한 만큼의 대가를 준다는 것을 다시 한 번 그곳에서 배울 수 있었습니다.

백령면 진촌리의 등대 해안에서 거친 파도와 마주한 채, 바다를 바라보며 오랫동안 서 있었습니다. 수없이 어려운 고비를 넘겼던, 히말라야에서의 순간들이 파노라마처럼 눈앞을 지나갔습니다. 그럴 때마다 나는 산의 숨결에 귀를 기울였던 것 같습니다.

해안에서 돌아와 수업 중인 백령초등학교에 들렀습니다. 4학년 교실에 들어가서 너무나 순수한 눈빛을 가진 아이들과 만났습니다. 그들 앞에서 일일 교사로서 수업을 진행했죠. 우리의 미래인 그들에게 나는, 히말라야처럼 높고 큰 꿈을 가질 것을 권했습니다. 또 자신감을 가지고, 꿈을 이루기 위해 노력하라고 가르쳤습니다.

수업을 마치면서 히말라야 14좌 봉우리와 나의 모습이 어우러진 사진을 그들 모두에게 선물로 나누어 주었습니다. 그들이 용기와 희망과 웃음을 잃지 않고, 어린 시절의 꿈을 이루길 간절히 바라면서요.

섬을 떠나기 전에 다시 한 번 두무진의 선대암에 들렀습니다. 수십억 년 동안 그 섬을 지켜 온 바위의 강인한 생명력을 온몸으로 느끼고 싶었습니다. 그곳에서 수평선을 바라보며 해가 바다 속으로 잠길 때까지 서 있었습니다. 너무도 경이롭고 아름다운 모습에 나는 바다와 태양을 향해 절을 할 수밖에 없었습니다.

히말라야에 다시 가는 것을 한 달여 앞두고 재충전의 시간이 되어준, 다시 앞으로 나아갈 힘을 준 소중한 여행이었습니다.

언제나 인간의 큰 스승은 자연입니다. 문명으로부터 받은 상처를 또다시 인간의 문명으로 치유하려 해서는 안 됩니다. 영원한 우리의 고향인 자연의 품에 안길 때, 인간은 휴식과 위안을 얻을 수 있는 것입니다.

바다가 품고 있는 섬 또한 하나의 산이라는 생각이 들었습니다. 구름 위에 떠 있는 산봉우리처럼 내가 갔던 그곳은 또 다른 모습의 산이었습니다. 8000미터의 산 끝에서나 서해 바다의 외딴섬에서나 자연은 변함없는 생명력으로 인간을 축복하고 있었습니다.

라마제

히말라야를 오르려면 먼저 그 산을 오를 수 있게끔 산의 신에게 허락을 구하는 제사를 지내야 합니다. '라마제'라고 하지요. 등반을 시작하기 전에 마련된 베이스캠프에서 라마승과 대원들, 그리고 셰르파들이 제단을 만들어 제를 지냅니다. 제를 지내기 전, 몸을 깨끗이 하기 위해 히말라야의 성스러운 흰 눈과 얼음을 녹인 물로 목욕을 하고, 머리도 감습니다. 그때 몸을 닦는 과정을 통해 마음도 정갈하게 닦습니다.

라마제를 지내는 베이스캠프에는 부처님 말씀을 새겨 놓은 오색 깃발이 펄럭입니다. '타르쵸', 혹은 '룽다'라고 부르는 그 깃발은 말馬과 바람을 뜻합니다. 말처럼 바람을 타고 세상 널리 부처님 말씀이 퍼진다고 합니다.

'라마여! 굽어 살펴 주소서!'

바람을 타고, 마치 갈기를 날리며 달려가는 말처럼 타르쵸 깃발은 하늘로 내달렸다. 히말라야의 신 앞에 이를 때까지…. 그곳이 바로 신들의 땅이었다.

청색, 흰색, 적색, 초록색, 그리고 노란색의 오색 깃발에 마음의 기도를 담습니다. 청색은 하늘을 뜻하고, 흰색은 구름을 뜻하며, 적색은 불과 사랑, 초록색은 물, 노란색은 땅을 뜻합니다. 하늘, 구름, 물과 대지, 그리고 불과 사랑을 뜻하는 타르쵸 깃발을 무척 좋아합니다. 그래서 내가 사는 집 마당과 하늘로 오르는 듯 내 방으로 올라가는 계단에 걸어 놓았습니다. 산에 오를 때뿐만 아니라 앉으나 서나, 밥을 먹을 때나 잠을 잘 때도 마음에 산을 두자는 나의 의지입니다. 집 주변 삼각산과 도봉산 자락에도, 그리고 내가 머무는 도시에도 널리 부처님의 말씀이 퍼졌으면 하는 바람이기도 합니다.

라마는 티베트어로 큰 덕을 지닌 스승, 혹은 신이라는 뜻을 지녔으며, 티베트 불교 승려를 말하기도 합니다. 라마제는 산신에게 드리는 티베트 불교의 고유 제사 의식으로서 네팔 고원에 사는 셰르파들이 산을 오를 때 안전과 무사를 기원하며 제를 지냈던 것에서 시작해, 이제는 히말라야를 오르는 모든 산악인들도 라마제를 지내게 되었습니다.

라마승의 독송이 끝나고 생명과 안전을 상징하는 쌀과 밀가루를 하늘을 향해 뿌립니다. 대원들의 몸과 얼굴에도 밀가루를 뿌립니다.

'히말라야의 신이시여, 당신의 산을 허락해 주소서!'

'라마여! 대원들과 셰르파들을 굽어 살펴 주소서!'

마음으로 간절히 기도를 합니다. 우리의 막걸리와 비슷한 현지 술인 '창'을 음복하며 라마제단 옆에 뿌립니다. 그렇게 라마제를 지내고나면 어느새 산이 내 마음 속에 들어와 있다는 생각이 들어 든든합니다.

비록 종교인은 아니지만 산을 오르는 한 사람으로서, 나는 산마다 신이 존재한다는 생각을 합니다. 함부로 사람과 비교할 수는 없지만 때로 그 신이 여성의 모습을 많이 닮았다는 생각을 합니다. 어머니의 마음처럼 깊고, 높고, 푸근하면서도 어느 때는 너무 쌀쌀맞고, 모진, 여성의 속성 말입니다. 나에게 다섯 번 만에 등정을 허락한 풍요의 여신 안나푸르나가 그랬습니다.

산신 앞에 기도를 할 때 가장 중요한 것은 겸허한 마음입니다. 내가 제일 많이 쓰는 말이기도 하고요. 겸허하지 않으면 산신은 절벽에서 자기 새끼를 떨어뜨려 강인함을 훈련시키는 사자처럼 가혹하고 엄하게 나를 내칩니다.

자신 스스로 겸허한 마음을 갖기 위해서이기도 하지만 진정한 내 마음을 산신에게 보여 드리기 위해서라도 라마제는 무척 중요합니다.

잊지 못할 라마제가 있습니다. 나와 의형제나 다름없던 셰르파 다와 따망을 2000년 칸첸중가8586미터에서 잃고, 2004년 칸첸중가의 서쪽에 있는 위성봉인 얄룽캉8505미터을 오를 때였습니다. 베이스캠프의 라마제단 앞에서 죽은 다와 따망의 기일을 맞아 술과 간단한 음식을 마련하고 원정대와 함께 제를 지내고 있었습니다. 그런데 자꾸 살아생전 함께 산을 오르던 다와 따망의 모습이 떠올라 눈물이 났습니다.

히말라야의 신이시여, 당신의 산을 허락해 주소서! 라마여, 우리를 굽어 살펴 주소서!
하늘과 구름, 물과 대지, 불과 사랑이여! 우리의 앞길을 열어 주소서!

그리고 이상한 일이 벌어졌습니다. 바람 한 점 없는 맑은 하늘로 향이 곧게 피어오르고 있었는데 갑자기 향이 하늘로 마구 치솟는 것 같더니 제단 주위로 돌풍이 불어왔습니다. 돌풍은 제단을 몇 바퀴 돈 후, 음식을 차려놓은 상을 지나 내 몸을 휘감았습니다.

기이한 현상에 깜짝 놀라 나는 그저 제단 앞에서 돌풍이 몸을 훑고 지나가기만을 멍하니 기다렸습니다. 그렇게 돌풍이 내 몸을 감싸기를 2분 여, 어느새 정신을 차리고 보니 그 돌풍은 흔적도 없이 사라져 버렸습니다. 아무리 자연현상이라고 해도 너무 신비스러운 일이었습니다. 나와 대원들 모두 갑작스런 상황에 할 말을 잃었습니다.

'그래! 다와가 다녀간 것이다. 나의 형제, 다와가 나를 끌어안았다가 간 것이다.'

그렇게 마음속으로 외치자 눈물이 쏟아졌습니다. 늘 그래왔듯이 다와 따망이 당시의 등반에도 도움을 줄 것이라는 생각이 들었습니다. 원정대의 무사를 살펴 줄 것이라는.

14+1. 그렇게 열다섯 번째 봉우리를 성공적으로 등정하는 데 다와 따망이 있었던 것입니다. 라마제를 통해 그를 다시 만난 것이죠.

히말라야 등반에는 애초부터 길이 없습니다. 다만, 신에게로 가는 길이 있을 뿐입니다. 그 신에게로 가는 길 입구에 라마제단이 있습니다. 그곳에서 나는 산신에게 간절하고도 간절하게 기도를 합니다.

"히말라야 산신이시여! 길을 보여 주소서! 길을 열어 주소서!"

해발 5800미터에서 열린, 산상 음악회

히말라야를 오르면서 힘든 일, 슬픈 일, 아픈 일들이 많았지만, 그래도 행복한 날들이 있었습니다. 그중에 하나가 15좌를 완등하고 내려왔을 때, 5800미터 베이스캠프에서 가수 이문세 씨가 열어 준 산상 음악회였습니다.

9년 전, 어느 술자리에서 인연을 맺게 된 이문세 씨는 아시다시피 유명한 가수이자 MC이지만 그 누구보다도 산을 사랑하는, 나에게는 아주 절친한 산우입니다. 그는 언젠가 사석에서 내게 히말라야에서 꼭 산상 음악회를 열어 주겠다고 약속을 했습니다. 처음엔 불가능한 일인 것 같아 고마운 마음만 받고 웃어넘겼습니다. 하지만 이문세 씨는 그 약속을 지키기 위해 많은 준비를 하고 있었던 것 같습니다.

이문세 씨는 얄룽캉 5800미터 베이스캠프를 트레킹 도중 부상을 당한 발목을 부여잡고 끝내 올랐습니다. 기타를 손에 들고 나와의 약속을 지키기 위해서 말입니다.

대원들과 셰르파를 포함해 40여 명 정도의 관객이 모인 작은 음악회였습니다. 때마침 날씨도 아주 좋았습니다. 파란 하늘에 하얀 병풍을 친듯 펼쳐진 설산을 배경으로 이문세 씨가 기타를 퉁겼습니다.

"세월이 흘러가면 어디로 가는지 나는 알 수가 없잖아요…."

5800미터에서 아름다운 노랫가락이 울려 퍼졌습니다. 그곳에서 노래를 듣는다는 것이 무척 감동적이고 행복한 일이 아닐 수 없었습니다.

그렇게 행복한 순간에 눈물이 나는 건 왜 일까요.

파란 하늘, 높은 히말라야를 향해 노래를 부르며 나는 마음속으로 엉엉 울었습니다. 행복과 슬픔이 교차되어 가슴속 깊은 곳에서 흐르는 눈물은 마치 여울목처럼, 여울목에 반사되어 비치는 햇빛처럼 눈부시고 또 눈부신 만큼 아팠습니다.

"얄룽캉 저 건너편 칸첸중가에 묻혀 있는 친구들이여, 이 노래를 들어라. 아름답지만 슬픈 노래, 이 노래는 내가 아닌 당신들에게 바치는 노래다. 산이여! 흰 눈이여! 히말라야에 머무는 구름이여! 그 모든 계곡과 절벽, 눈보라와 강풍이여! 떨어지는 눈사태여! 낙빙들이여! 저 눈 속 깊이깊이 잠들어 있는 영혼들이여! 산을 오르다 그 자리에서 산이 된 친구들이여! 이 노래를 들어라. 슬프면서도 아름다운 이 노래를!"

영화 속 장면처럼 파란 하늘에 그동안의 산행들이 주마등처럼 눈앞을 스쳐 지나갔습니다. 가슴속 그립도록 사무친 사랑하는 그들의 얼굴이 떠올라 핏줄이 터질 것 같았습니다. 정상을 오르고 내려온 지 얼마 되지 않은 상황에서 목은 심하게 잠겨 있었지만 나는 노래를 부르고 또 불렀습니다.

「만남」이라는 곡을 따라부르는데 숨이 차고 노래가 잘 나오지 않았습니다.

"돌아보지 마라. 후회하지 마라. 아, 바보 같은 눈물 보이지 마라…."

그런데 그만 눈물이 밖으로 터져 나오고 말았습니다.

'아 ! 이 순간에 나를 도와준 수많은 사람들과 유명을 달리한 동료들이 함께 있었다면 얼마나 좋을까?'

죽어서 영원한 것보다 그 순간 살아서 부둥켜안고 노래를 부르는 것이 더 행복했을 것 같은 생각이 들었습니다.

"삐리삐리삐리 파랑새는 갔어도 삐리삐리삐리 지저귐이 들리네…."

이문세 씨의 「파랑새」 노래를 듣는데 가사가 나의 가슴에 와 박혔습니다. 나의 파랑새는 갔어도 히말라야에서 나의 파랑새들의 목소리가 들리는 것 같았죠. 그렇게 40여 분간 베이스캠프에서 산상 음악회가 열렸습니다. 아마도 세상에서 처음 있는 음악회였을 것입니다. 6, 8000미터 높이의 만년설이 병풍처럼 둘러쳐진 대자연 속에서 펼쳐진 최고의 무대였습니다. 히말라야의 신들도 즐거웠을 것입니다.

살아 있음을 느꼈다. 아직 내가 살아서 끌어안아야 할 사람들과 나를 안는 사람들의 숨소리가 들렸다.
이제 나의 산을 오를 것이다. 그들과 함께….

사실 5800미터의 높이면 산소량이 지상의 50프로 정도밖에 되지 않아 노래를 부르는 것이 쉽지 않습니다. 하지만 이문세 씨도 상당한 폐활량을 가진 산악인입니다. 아마도 그의 노래는, 목소리는 산에서 받아 온 대자연의 정기가 묻어 있어 그토록 아름답고 감미로운가 봅니다.

산상 음악회가 끝나고 이문세 씨는 나에게 기타를 선물했고, 나는 답례로 산을 오를 때 입었던 우모복을 선물했습니다.

얄룽캉에서 돌아와 이문세 씨와 함께 등반 기록과 산상 음악회가 담긴 사진전을 열었습니다. 찌는 듯한 더위에도 많은 분들이 와 주셨죠. 어느덧 그와는 이제 산을 통해서 인생을 함께하는 도반이 된 것 같습니다.

산을 통해서 나는 좋은 사람들을 많이 만났습니다. 산을 오르는 가수, 산을 오르는 탤런트, 산을 오르는 직장인, 산을 오르는 기업인, 산을 오르는 학생, 산을 오르는 시인, 산을 오르는 장애인 등. 산은 그들 모두를 하나로 묶어 줍니다.

산을 오르는 사람들의 마음은 언제나 따뜻하며, 또 열려 있습니다.

그들을 나는 사랑합니다.

팀워크를 위한 요리

"산을 내려가면 뭐가 제일 먹고 싶냐"는 나의 물음에, 대원들이 앞다투어 대답을 합니다. 여기저기서 "나는 나는" 하는 외침과 꿀꺽하고 침 삼키는 소리가 들리게 되죠. 쉽사리 허락지 않는 8000미터 산봉우리와 살을 에는 듯한 칼바람으로 인해 팀원들 사이에 긴장이 감돌 때면 나는 종종 음식 이야기를 꺼냅니다. 그로인해 대원들이 등반 후 돌아갈 집 생각에 안정을 찾고 슬며시 미소 짓기 때문입니다.

1989년부터 내가 히말라야를 오를 때마다 필요한 음식을 챙겨 주던 셰르파 겸 요리사 덴지가 있었습니다. 덴지는 우리와 같이 오래 생활하다 보니 이제 한국 요리라면 못하는 것이 없을 정도가 되었습니다. 웬만한 한국인 요리사보다 맛깔나게 한국 음식을 만들어 내죠. 그리고 원정에 함께한 동료 대원들의 취향을 고려해 그날그날 입맛을 돋을 수 있는 갖가지 음식을 제공합니다.

음식은 팀 분위기를 전환시키는 데 큰 도움을 줍니다. 그래서 나는 산중에서 하는 요리에 특히 신경을 쓰는 편입니다. '먹는 거에는 돈 아끼지 말자'가 내 산악 원칙 중 하나입니다. 음식은 험난한 등반길에서 건강을 챙길 수 있는 유일한 방법이기 때문이죠.

히말라야 등반 일정이 잡히면 많은 인원이 수개월 동안 먹어야 하는 음식을 준비합니다. 준비 과정만 해도 3개월 정도가 소요됩니다. 한국에서 고추장, 된장, 젓갈 등의 부식류와 함께 산악 장비를 챙기면 그 무게가 어림잡아 3, 4톤은 됩니다. 등반할 때는 짐의 무게를 최대한 줄여야 합니다. 그렇기 때문에 거창하게 음식을 차려 먹기가 힘들죠.

산행 중에는 라면, 수프, 알파미(인공 쌀을 진공 상태로 말린 것) 등 물만 부으면 바로 먹을 수 있는 음식이 대부분입니다. 매일 먹다보면 그마저 맛도 비슷비슷하게 느껴집니다. 그런 인스턴트 음식은 미각을 만족시키기 위해서라기보다는 살아남기 위해 먹는 '생존용 음식'입니다.

5000미터 이상 되는 고산지대에서 인스턴트 음식으로 끼니를 해결하다 보면 결국은 체력적 한계에 부딪치게 됩니다. 그 정도 높이가 되면 산소가 부족해서 몸을 가누기조차 힘들어지죠. 체력이 저하되면 팀원들의 정신력이 약해지고 이는 팀워크가 깨지는 경우까지 초래할 수 있습니다. 그런 위기가 찾아 왔을 때 가장 잘 듣는 특효약이 바로 '요리' 입니다.

맛있는 음식은 대원들의 사기를 진작시킵니다. 동시에 긴 등반 일정으로 인해 지친 팀의 분위기를 전환 시키는데도 유용합니다. 등반을 하다 보면 대원들은 물론 대장인 나까지도 기분이 축 처질 때가 있습니다. 그렇게 팀 분위기가 흐트러졌을 때, 나는 요리를 하기 위해 부엌으로 들어갑니다. 내 스스로 맛있다고 자부하는 요리를 만들어 대원들의 사기를 올리려는 생각에서입니다.

메뉴는 주로 닭볶음탕, 생선찌개, 그리고 돼지고기 두루치기를 선호합니다. 그중에서도 닭볶음탕은 내가 자신 있게 만들 수 있는 음식입니다. 어린 시절, 부엌 한편에서 쪼그리고 앉아 어머니가 요리하시는 것을 어깨너머로 보고 배운 솜씨인데 맛이 꽤 괜찮습니다. 또한 닭은 종교나 지역에 구애받지 않기에 다른 육류보다 구하기가 비교적 수월합니다. 게다가 단백질도 풍부하여 체력 보충에 그만한 재료가 없습니다.

닭은 보통 히말라야 근처 농가에서 대량으로 구입한 뒤 베이스캠프 부근 눈 속이나 얼음 속에 파묻어 놓고 수시로 꺼내 요리해 먹습니다. 절대 상하는 법이 없는 '천연자연 냉장고'지요. 끓여먹는 물도 주변에 가득한 천연재료인 눈과 얼음, 빙하물로 만들어 먹기 때문에 거의 따로 가져가지 않습니다.

어쩌다 한번 요리를 만드는 날은 팀의 분위기도 한층 들뜹니다. 대원들은 내 요리가 완성되기만을 목을 빼고 기다리죠. 완성된 요리 위로 숟가락이 바쁘게 오고 갑니다.

작은 버너 안에서 보글보글 끓는 찌개소리, 그 찌개 위로 끊임없이 부딪치는 숟가락 다툼. 마지막 남은 건더기를 서로에게 양보하는 모습, 그 속에서 간간이 섞여 들리는 웃음, "나 밥 한 그릇만 더 먹을래"라는 외침. 그렇게 대원들이 내가 만든 음식을 먹으며 즐거워하는 모습을 볼 때면 내 입가에도 살며시 미소가 번집니다.

식사가 끝나면 모든 대원들이 배를 쓱쓱 문지르면서 "역시 대장의 음식 솜씨는 최고라니까"라는 칭찬을 아끼지 않습니다. 몇몇 대원들은 아무 말 없이 그저 고개를 끄덕이며 엄지손가락을 치켜세우는 동작으로 음식에 대한 고마움을 표시합니다. 그때가 가장 요리에 보람과 뿌듯함을 느끼는 순간입니다.

음식은 우리를 하나로 묶어 줍니다. 우정을 돈독하게 만들어 줍니다. 음식이 가지고 있는 따뜻한 열기와 정성이 대원들 모두에게 전해지기 때문입니다. 우리 고유의 음식은 사람과 사람을 엮어 주는 힘이 다른 나라 음식보다 특히 강합니다. 각자의 그릇 안에 따로 담아 먹는 서양 음식과는 달리, 한 냄비에 끓인 음식을 먹으며 오고가는 숟가락 속에서 우리 '한 솥 문화'의 온정을 느끼기 때문입니다.

문득, 나와 그들이 또 다른 하나의 식구食口라는 생각이 들었습니다. 식구, 음식을 나누어 먹는 입. 그렇습니다. 나와 대원들은 매일 함께 음식을 나눠 먹으며 믿음과 신뢰를 쌓아 갑니다. 그리고 함께한 시간을 통해 한데 어우러집니다. 돼지고기와 양파, 김치 등 전혀 다른 모양과 맛을 내는 재료들이 한 솥에 들어가면 얼큰한 맛을 내는 김치찌개처럼, 각기 다른 성격의 사람들이 만나 히말라야 원정대라는 한 팀을 이룹니다. 그러면서도 각자의 개성을 유지합니다. 조화를 이루는 것입니다.

가끔 인터뷰에서 기자들이 묻곤 합니다.

"엄 대장님, 히말라야 원정대를 꾸리실 때마다 팀워크가 잘 이루어지는 비결이 있습니까?"

나는 망설임 없이 그들에게 대답합니다.

"우리는 한 가족이기 때문입니다. 한 가족같이 서로를 위하는 마음, 서로의 개성을 존중해 주는 마음. 그것이 우리 팀워크의 비결이지요."

나의 산행은 앞으로도 계속될 것입니다. 그리고 동료 대원들을 향한 나의 노력도 계속될 것입니다. 산에서 내가 얻은 살아남기 위한 '생존의 팀워크'는 말 그대로 내가 아닌 우리가 함께 이루어야 할 몫이니까요.

그래도 행복한 짐꾼

8000미터급 히말라야를 오르려면 최소 한 달 보름에서 두 달 정도의 기간을 잡아야 합니다. 어떤 사람들은 "베이스캠프까지 바로 헬기로 날아가서 짐을 떨어뜨리고 거기서부터 올라가기 시작하면 더 수월하고 빠르지 않을까요?"라고 묻기도 하지만 그것은 절대 아니 될 말입니다.

4000미터 이상부터는 산소가 희박하기 때문에 고산증이 오기 쉽습니다. 웬만하게 적응되고 훈련된 사람도 자칫 고산증이 오면 목숨을 잃을 수가 있습니다. 모든 일이 그렇겠지만 급하다고 중간부터 시작하면 안 됩니다. 낮은 지대부터 서서히 오르면서 어느 지점부터는 고소적응훈련을 하며 머물기도 해야 합니다.

그러다 보면 그 기간 동안 먹을 식량은 물론 등반 장비를 포함해 어마어마한 짐들을 운반하며 가야 합니다. 대부분 현지의 포터들을 고용하는데, 포터 한 명이 30킬로그램에서 많게는 40킬로그램까지 짐을 짊어지고 갑니다. 그들의 하루 일당은 고작 만 원에서 이만 원 정도인데요. 우리들이 식당에서 사 먹는 하루 점심 값 정도밖에 안 됩니다. 그 일당을 받으며 무거운 짐을 지고 포터들은 산을 오릅니다.

산을 오르다 보면 그들에게 감동을 받을 때가 많습니다. 무거운 짐을 지고 적은 일당을 받음에도 불구하고 그들이 행복하다는 것입니다. 대부분의 포터들은 가난한 사람들로 산 밑에 지은 허름한 집에서 생활합니다. 문명의 혜택을 받았거나 풍요로운 살림을 갖춘 것도 아닙니다. 그런데도 그들의 삶은 행복이 넘칩니다.

대자연의 맑은 공기, 그리고 그들 앞에 늘 펼쳐져 있는 히말라야의 고봉들이 아마도 육체가 누려야 할 풍요나 향락보다도 더 높은, 어떤 정신을 가르쳐 주는 것 같습니다. 포터들의 눈을 들여다보면 아주 선합니다. 미소야말로 순박하다 못해 질박합니다. 그들과 함께 계속 산을 오릅니다.

대원들을 도와주는 셰르파들도 있습니다. 그들에게는 등반대와 똑같은 장비를 지급하게 됩니다. 8000미터를 오르는 일은 개인의 힘만으로는 절대로 불가능합니다.

두 달여 기간 동안의 식량은 물론 장비, 그리고 산을 오르기 위해 지불하는 비용까지 합쳐서 몇 억의 예산이 듭니다. 도전정신이나 개척정신이 강한 선진국에서는 거의 국가나 기업에서 지원을 받아서 갑니다.

음식만을 담당하는 주방팀, 포터, 셰르파에 이르기까지 수십 명이 함께 산을 오르며 생활해야 합니다. 절대적인 팀워크가 필요한 것이죠.

긴 기간 동안 많은 인원들과 생명을 담보로 한 험준한 산을 오르는데, 대장을 맡은 내가 모든 것을 하나하나 확인하고 검사하지 않으면 안 됩니다. 아주 조그만 실수 하나에도 등반은 물거품이 되어 버리기 때문에 정신을 바짝 차리고 있어야 합니다. 등반에 드는 비용, 기간, 정상에 올라야 한다는 각오는 둘째 치고라도 잘못하면 생명을 잃기 때문이죠.

그래서 산에서만큼은 나도 모르게 아주 엄하고 가혹한 대장이 됩니다. 4000미터 이상부터 고산증을 보이는 사람들은 바로 하산을 시킵니다. 기상이 악화되면 그곳에서 며칠을 기다리기도 해야 하기 때문에 날씨가 좋아질 때까지 기다리는 법도 배워야 합니다. 산을 오를 때는 목욕도 하고, 마음도 맑게 한 후 제단을 만들어 산의 신에게 제사를 드리는

자신의 몸무게를 훨씬 넘어 버린 짐은 포터들의 어깨를 눌렀다. 짐을 나르는 것 외에는 아무것도 배우지 못한 그들이지만 순수하고 맑은 눈빛만은 늘 한결같았다.

모든 것을 소유한 우리들은 왜 저들보다 행복하지 못한 걸까. 포터들과 산을 오를 때면 난 내 자신에게 추궁하듯 묻고 또 물었다.

것도 잊지 않습니다.

4, 5000미터에 베이스캠프가 구축되면 대원들과 셰르파들만 남고 짐을 지고 온 포터들은 산을 내려갑니다. 그들의 뒷모습을 보며 나는 가끔 그들의 등 뒤로 솟아 있는 히말라야를 발견하곤 합니다. 가난하고 힘듦에도 불구하고 그것을 행복으로 환원하는 그들의 어깨를 보며 히말라야의 정신을 배웁니다. 어쩌면 산을 오르는 이유는 정상을 정복하기 위해서가 아니라 그 산을 오르는 과정에 있는 것이라는 생각도 해 봅니다.

지금 이 순간, 힘들고, 어렵고, 고통스럽지만 그 과정과 여정이 행복이라는 것, 행복은 저 멀리 정상에 있는 것이 아닌, 바로 지금 이 길 위에 있다는 것을 나는 포터들을 통해 배웁니다.

모든 경지는 서로 맞닿아 있습니다

목에 항상 걸고 다니는 목걸이가 있습니다. 네팔에서 구입한 터키석 산호석, 그리고 지라는 돌입니다. 산을 오르다 보면 네팔 현지인들이나 포터, 혹은 셰르파들 역시 산호석 목걸이나 반지를 한 것을 볼 수 있습니다. 산호는 바다 속에 있는데 어떻게 고산지대에 산호석이 많이 있을까 의아해 하는 사람도 있습니다.

아주 오래전 히말라야는 바다였습니다. 그런데 지각변동으로 거대한 대륙판들끼리 충돌하여 바다가 솟구쳐 올라 높은 히말라야가 된 것이지요. 그래서 바다에만 있는 산호석이 히말라야에 많은 것입니다.

생각해 보면 참 재미있으면서도 오묘한 일입니다. 아주 깊고 깊은 바다가 높은 산이 되었다는 게 말입니다. 세상의 이치가 그런 것인가 봅니다. 오르막길이 있으면 내리막길도 있듯이 아주 깊은 바다가 높디높은 산이 될 줄 누가 알았겠습니까.

우리의 삶도 그렇겠지요. 지금 거지처럼 구걸하며 살고 있다면 아마도 전생에 아주 부자로 살았을 것입니다. 지금 무엇인가 이루지 못하고 힘든 삶을 살고 있다면 10년 후에, 아니 20년 후에라도 이룰 수 있을 것입니다. 비록 현생에 못 이루면 내생에라도 이루어질 것입니다. 바다 속에 들어 있던 히말라야 산봉우리처럼 말입니다. 물론 노력하고, 공부하며, 청빈한 삶을 살아야겠지요.

바다였던 산처럼 산이었던 바다처럼, 자연 속에도 전생과 내생이 있는데 사람에겐들 전생과 내생이 없겠습니까. 분명히 있을 것입니다.

삶이란 참 재미있습니다. 높은 산을 오르던 나는 군대를 갈 때 깊은 바다를 경험하고 싶어 해군에 입대했습니다. 훈련을 마치고 배를 타다가 다시 수중폭파대U.D.T에 지원을 했습니다. 바다 속에서 얼마나 훈련을 많이 받았는지 모릅니다. 그래서 수영이라면 지금도 자신 있습니다.

깊은 바다 속에 들어가 오래 잠수를 하고 있다 보면 때로 바다 속이 높은 산에 올라갔을 때와 비슷하다는 느낌이 듭니다. 고요함, 적막함, 물의 압력과 호흡곤란…. 그렇듯 산과 바다는 하나인 것 같습니다. 자연이라는 거대함으로 말입니다.

문득, 모든 경지는 서로 맞닿아 있다는 생각을 해 봅니다. 자연만이 아니겠지요. 모든 위대한 성인들, 석가모니, 예수 또한 그 말씀과 전달하는 메시지는 서로 같다고 생각합니다. 어리석은 사람들이 타인의 종교를 탓하며 서로 싸우는 것이지, 그분들의 자비와 사랑, 나눔의 경지는 서로 맞닿아 있습니다.

지라는 돌은 제3의 세계를 직시하고 에너지를 발산한다고 합니다. 나는 자연의 에너지를 믿습니다.

모든 자연에는 에너지가 있습니다. 나무, 풀, 꽃, 바람…. 산을 오르다가 나는 느낌이 좋은 바위를 만나면 그 바위에 이마를 대곤 합니다. 바위에서 에너지를 받는 것이지요.

높은 산에서 채취해 온 바다의 산호석을 목에 걸고 나는 깊은 바다와 높은 산을 품고 있다고 생각합니다. 그렇게 높고, 깊은 마음을 담고 살아가고 싶습니다.

방 안 가득 솟아오른 작은 산을 보았습니다

요즘 주변 곳곳을 둘러보면 점점 나약해지는 우리 아이들을 보게 됩니다. 부족함을 경험하지 못한 시기를 보내면서, 이기심을 자랑으로 내세우는 아이들이 감사함을 모르고 자라는 것 같아 마음이 무겁습니다. 자신감을 잃어 가고 있다는 얘기겠죠. 어렵고, 힘들고, 위험한 일은 애초에 시도도 하지 않고 포기합니다.

자연과 철저히 동떨어진 도심에서 악착같이 기생하는 벌레가 만들어 낸, 인공 낙원 속으로 들어가 아이들이 좀먹고 있다는 생각도 듭니다. 어느 누구 할 것 없이 평등해 보이고, 없는 것 없이도 병들어 가는 문화 속에서 아이들이 문명의 기계로 자라고 있다는 것을 왜 모르는지 안타깝기만 합니다. 그렇기 때문에 아이들은 자연의 깨우침이 고통스러울 수밖에 없는 것이겠죠.

간혹 도심 속에 갇힌 아이들이 시골 아이들을 발견하곤 손가락질

눈보라가 심하게 몰아쳤다. 바람은 텐트를 집어삼킬 듯 산의 위엄을 드러냈다. 어린 시절 어머니의 따뜻한 품처럼 느껴지지 않았다. 그리고 아이들이 떠올랐다.

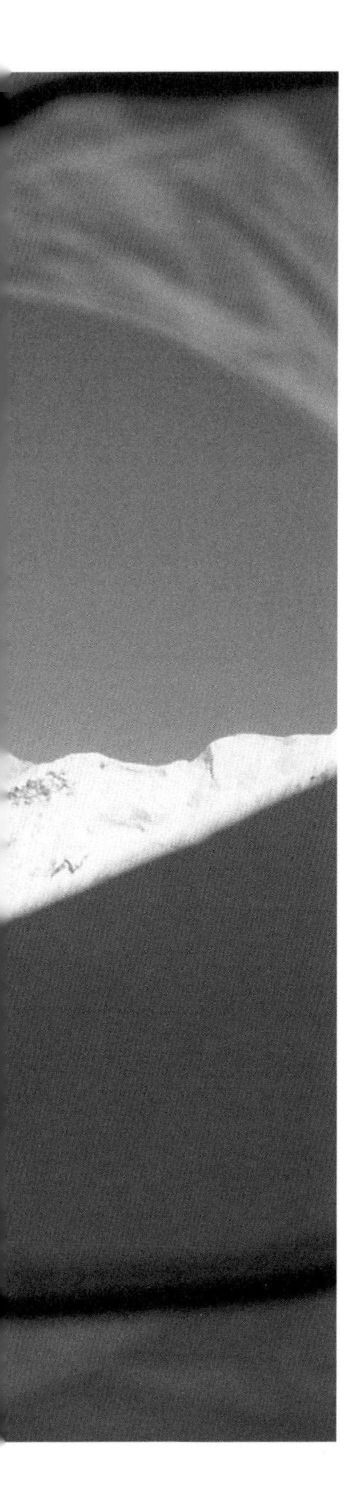

을 하며 시골뜨기 취급을 합니다. 자연과 더불어 살던 나의 어린 시절과는 무척 다른 모습입니다. 자연의 품 안으로 방목하고 싶다는 생각이 들었습니다.

산을 생활 터전으로 자리 잡은 집에서 태어난 나에게 별다른 놀이터는 없었습니다. 하지만 늘 보고 자란 산이 예사롭게 느껴지지 않았습니다. 그때 자연 속에서 산악인들을 발견하게 되었죠.

처음엔 마음을 달래기 위해 산을 오르기 시작했습니다. 어떤 일이든 녹록한 일은 없겠지만 일단 시작한 산행이 오르는 횟수가 부쩍 늘어나면서 탄력을 받았죠. 물론 산속에서 자리를 잡고 생활하는 나에게는 일상이었지만 주말마다 산을 찾는 사람들에게는 힘에 부치는 일이었나 봅니다.

산에서 암벽을 타는 크라이머들을 지켜보는 날이 점점 늘어나면서 나는 마음속으로 등반가의 꿈을 키우기 시작했습니다. 언젠가 나도 그렇게 해 보고 싶다는 생각을 했죠. 산속에서 자란 나에게는 나무, 바위, 풀과 섞여 노는 것은 특별한 일이 아니었습니다. 편안한 놀이터였죠. 그것이 나를 산사람으로 만든 것 같습니다.

거대한 자연의 품 안으로 걸어 들어가 뛰노는 아이들의 발걸음을 생각하면 아직도 혼자 웃곤 합니다. 자연은 상상만으로도 무척 즐거운 대상이거든요.

언젠가 산을 내려와 다시 집을 찾던 날이었습니다. 눈에 반사된 햇볕에 까무잡잡하게 타 버린 내 얼굴을 아이들이 알아보지 못할까 봐 걱정이 앞섰습니다. 하루가 다르게 자라는 아이들과 얼굴을 맞대고 있는 시간이 충분하지 못하니 나 스스로 위축이 되었던 거죠. 가끔 거울을 들여다볼 때면 변해 버린 내 얼굴에 놀랄 때가 있거든요.

아이들이 커 가는 것을 볼 때면, 나는 가족들에게 낙제점이구나라는 생각을 지울 수가 없습니다. 사회생활을 거의 안 해 본 탓에 세상물정에도 어둡고, 아빠 노릇, 남편 노릇 뭐 하나 제대로 하는 것이 없습니다. 가족들의 희생이 없었다면 지금의 엄홍길은 무용지물인 것을, 사랑을 받기만 했던 터라 주는 법을 잊어버린 나는 가족들을 안아 주는 것에는 인색할 수밖에 없었습니다.

아들 현식이가 다섯 살 정도 되었을 때의 일입니다. 산행에서 돌아온 내게 매달린 채 떨어지지 않으려 하는 아이가 조르기를 멈추지 않았습니다. 고집을 부리는 이유는 산악용 텐트를 자신의 방 안에 펴 달라는 것이었죠. 다섯 살 아이에게는 그저 신기한 장난감집 정도로 여겨졌던 모양입니다. 생각 끝에 못 이기는 척, 아내의 만류에도 불구하고 아이의 방 안에 텐트를 펴 주었습니다. 아니 좁은 방 안으로 꾸역꾸역 넣어 주었습니다.

현식이는 고사리 손을 하고 텐트 이곳저곳을 매만지는 흉내를 냈습니다. 1차 등정에 실패해 일단 휴식을 취하며 다음 등반 계획을 꾸미는, 산에서 추방당한 꼬마원정대원 같았죠. 나의 냄새가 배어나는 텐트 속에서 뭔가를 곰곰이 생각하고는 찾는 시늉을 반복했습니다. 나는 아이의 방 안 가득 솟아오른 작은 산을 보았습니다.

현식이가 자라 산사람이 되겠다고 하면 아마 아내는 보따리를 싸 들고 쫓아다니며 말릴 것입니다. 그러나 나는 말리거나 반대는 하지 않을 것 같습니다. 산의 정상이 오로지 고통뿐이라 해도 선택은 내가 아닌 아이의 몫으로 남겨 두고 싶으니까요.

아이의 방 안에 펴진 텐트 속은 엄마 품처럼 따뜻했을 것입니다. 내가 산을 어머니처럼 끌어안았듯이 내 아이도 나를 끌어안고 있다는 생각에 마음 한구석이 짠해졌습니다.

산에서 생활하는 동안에는 늘 가족에 대한 걱정을 반도 하지 못합니다. 아무리 산이 편해도 가족을 생각하면 어쩔 수 없이 불편해지게 마련이니까요. 유난히 나를 잘 따르는 아이들은 내가 산에서 생활하는 동안 틈틈이 엄마와 산행을 했던 모양입니다. 피는 속일 수 없다는 것을 증명이라도 하듯 우리는 나란히 걷는 법을 배우고 있는 중인 것 같습니다. 비록 같은 자리에서 발맞춰 걸어갈 수는 없겠지만 내가 없는 빈자리를 엄마와의 산행이 대신해 주는 것 같아 든든하기까지 했습니다.

언젠가 아이들도 무척 산을 잘 오른다고 아내가 귀띔해 주었습니다. 가끔 아이들을 데리고 산행을 할 때면 쌕쌕 숨을 쉬며 정상에 오르는 모습이라고.

세상에 쉽게 오를 수 있는 산이 없다는 걸 잘 알고 있습니다. 아무리 만만하게 보여도 산을 막상 오르기 시작하면 뜻밖의 난관에 부딪히게 된다는 것을, 아이들은 지금 가쁜 숨을 몰아쉬며 자연의 품에서 배워 가고 있는 중일 것입니다.

비록 아이들과 나의 어린 시절 추억은 다를지라도 도심을 끼고 흐르는 조그만 시내라도 가서, 나란히 발을 담그고 자라나는 아이들의 꿈을 바라봐 주고 싶습니다.

휴먼 원정대

박무택이 죽었습니다. 산에서 내려오지 않는 영원한 산사람이 되고 말았습니다. 그의 이야기를 꺼내고, 쓸 때마다 가슴이 찢어지는 듯 말할 수 없는 고통이 밀려옵니다. 그러나 박무택의 이야기를 함으로써, 또한 함께 산을 오르며 유명을 달리했던 대원들과 셰르파 이야기를 함으로써 그들이 다시 살아나는 것이라고 생각합니다.

내 안에서 먼저 그들이 살아나고, 내 안에서 잊히지 않고 오래 기리고 기려서 세상 사람들에게 아주 멋지고 훌륭한 산악인으로 기억될 수 있다면, 그들에 대한 이야기를 꺼내는 것이 아무리 고통스럽다 해도 나는 감내할 것입니다.

2000년, 칸첸중가8586미터를 함께 올랐던 박무택은 4년 후, 원정대 대장으로 대원들과 함께 초모랑마8848미터에 올랐습니다. 박무택과

초모랑마의 신은 나를 박무택에게 다시 인도했다. 그리고 8000미터 설원에 뿌렸던 내 눈물은 모두 산의 한숨이 되었다. 하지만 나는 혼자가 아니었다.

카트만두에서 헤어지기 전에 나는 그를 만나 응원했습니다.

"할 수 있어. 넌, 잘 해낼 거야."

우직하게 밀어붙이는 그의 뚝심과 힘은 충분히 초모랑마를 등정할 수 있을 것이라는 믿음을 주었습니다.

나의 믿음대로 박무택은 초모랑마에 올랐습니다. 하지만 정상에 오른 기쁨도 잠시, 박무택은 산을 내려오던 8750미터 지점에서 설맹으로 조난을 당해 줄에 매달린 채로 죽음을 맞았습니다. 그리고 함께 했던 백준호, 장민 대원도 실종되는 가슴 아픈 일이 일어났습니다.

한쪽 팔이 떨어져 나간 것 같았습니다. 산을 오를 때마다 여러 대원들의 죽음을 보며 가슴 아파했지만 박무택과는 친형제 이상의 정이 쌓였었습니다.

"무택아, 넌 해낼 수 있어, 내가 도와줄게."

박무택에게 했던 말이 떠올랐습니다. 그의 미소가 자꾸 떠올랐습니다.

그리고 얼마 후, 여성 산악인 오은선 씨가 초모랑마를 등정하고 내려오는 길에 박무택의 시신이 있는 곳을 발견했다고 전해 왔습니다. 박무택을 본 그녀 역시 안타까움에 마음이 저려 왔지만, 혼자서 꽁꽁 얼어붙은 그를 데려온다는 것은 불가능한 일이었습니다.

정확히 박무택의 시신이 있는 장소가 알려지면서 나는 그를 데리러 가야겠다고 생각했습니다. 세계 여러 나라 산악인들이 오르내리는 길 한가운데 얼어붙은 박무택을 그대로 방치할 수는 없었습니다.

하지만 8000미터 높이에 누워 있는 박무택을 데리고 온다는 것은 그 산을 등정하는 것보다 더 어려운 일이었습니다. 아마, 박무택이 백준호, 장민 대원처럼 실종되었더라면 나는 가지 않았을 것입니다.

박무택을 데리러 갈 대원들을 꾸렸습니다. 그동안 함께했던 많은 산악 동료들이 망설임 없이 원정대로 들어왔습니다. 그래서 이름 하여 휴먼 원정대가 발족되었습니다.

박무택이 조난당한 지 1년 후인 3월 14일, 휴먼 원정대는 네팔로 향했습니다.

'무택아 조금만 기다려라.'

비행기에서, 그리고 네팔 임자체6189미터에서 원정대원들과 함께 고소적응훈련을 하면서 마음속으로 외쳤습니다. 4월 초, 에베레스트 베이스캠프5200미터에 도착해 본격적인 시신 수습을 위한 채비를 마치고 5월 중순 캠프38300미터를 출발해 시신 수습 작업에 나섰습니다.

박무택의 시신이 있는 8750미터까지는 네 시간 반 정도 걸렸습니다.

"무택아…."

박무택을 보는 순간 가슴이 마구 두근거렸습니다. 그를 끌어안고 흐느꼈습니다. 말할 수 없는 감정들이 북받쳐 올라왔습니다.

박무택은 비교적 편안한 모습으로 잠들어 있었습니다. 세 시간여 동안 눈과 얼음에 쌓여 있던 그를 조심스럽게 떼어 낸 후 몸을 정리해 주었습니다. 그리고 원정대는 캠프3를 향해 하산을 시작했습니다.

그런데 시신을 옮기는 작업이 조금씩 난관에 부딪히기 시작했습니다. 70킬로그램의 몸무게를 가진 박무택의 몸이 꽁꽁 얼어 100킬로그램의 무게에 달했습니다. 문제는 무게뿐만이 아니었습니다. 50미터 거리의 깎아지른 절벽, 그리고 100미터 정도 길이의 경사진 바위지대도 기다리고 있었습니다. 숙련된 산악인들도 혼자 힘으로 내려가기 힘든 곳이었습니다.

박무택의 시신을 들고 100미터를 움직이는 데 두 시간이나 걸렸습니다. 세찬 눈보라도 몰아쳤습니다. 그 순간 원정대원들 모두가 조난을 당할 것 같았습니다.

'무택아, 내려가자! 이제 그만 가자….'

마음속으로 외쳤습니다. 그러나 박무택은 내려가길 원하지 않는 것 같았습니다. 더이상 운구가 불가능했습니다.

결국 우리는 세컨드 스텝 위에 박무택의 시신을 묻었습니다. 가족들이 박무택에게 보내는 편지도 그의 품에 넣은 채로. 그리고 돌무덤을 만들어 주었습니다. 박무택이 사랑하던 에베레스트에 그는 영원한 산사람이 되어 묻힌 것입니다.

박무택을 데려오지는 못했지만 산악인들이 다니는 길목에 방치되어 있던 몸을 편안한 장소로 옮겨, 그를 기릴 수 있게 된 것이 참 다행이라고 생각했습니다. 그는 동료들의 땀방울과 그를 향한 숨결을 느끼며 편안하게 잠들었으니까요.

3월 14일, 휴먼 원정대를 결성하고 네팔을 떠난 지 76일 동안의 일입니다. 힘겨운 산행이었지만 그래도 박무택을 위해 함께했던 76일이라는 시간이 행복했습니다.

박무택은 유족들의 편지를 가슴에 담고, 초모랑마 8000미터에서 산사람이 되어 잠들었습니다. 박무택은 영원한 8000미터입니다.

세상에서 가장 아름답고 멋진 우정

사실 휴먼 원정대보다 먼저 박무택을 구하러 간 산악인이 있었습니다. 바로 그와 함께했던 백준호 대원입니다. 2004년 5월 18일, 박무택과 함께 정상을 등정했던 장민 대원은 하산 도중 실종됐고, 박무택은 8750미터 지점에서 설맹과 동상으로 완전 탈진하여 쓰러져 있었습니다. 그 소식을 백준호는 마지막 베이스캠프에서 전해 듣게 됩니다.

박무택에게는 밤을 지새울 장비도 없고, 산소통의 계기판은 아마도 제로를 가리키고 있었을 것입니다. 그대로 두면 그날 밤 안으로 죽음을 맞이하게 될 것이 분명했습니다. 하지만 아무도 그를 구하러 갈 엄두를 내지 못했습니다. 셰르파도 고개를 설레설레 저었습니다. 제 몸 하나 견디며 가기도 힘든 곳인데 혼자서 조난자를 구하러 간다는 것, 그것은 8000미터를 올라 본 사람이라면 거의 불가능하다는 것을 압니다.

8000미터는 인간의 의지와 정신력만으로 등정 가능한 곳이 아닙니다. 산소는 물론 바람, 눈사태, 낙빙, 크레바스, 도처에 숨어 있는 예기치 않은 모든 어려움을 극복할 수 있는 행운이 산을 오르는 사람에게 따라야 합니다.

원정대를 꾸려서 많은 대원들과 박무택의 시신이 있는 곳까지 갔음에도 불구하고 결국 우리는 그를 끝까지 데려오지 못했습니다. 바로 그런 곳입니다. 하지만 죽음을 맞이할 것이 뻔한 사실임을 알면서도 백준호는 그를 구하러 나섰던 것입니다. 캄캄한 어둠을 뚫고 칼바람이 부는 8000미터를 향해 성큼성큼 걸어갔을 백준호를 떠올려 봅니다.

'나 같으면 어떻게 했을까.'

밤을 꼬박 새워 백준호는 박무택이 쓰러져 있는 8700미터에 도달했습니다. 다음 날 19일 새벽 여섯 시, 가까스로 박무택을 만난 백준호는 전진 베이스캠프의 원정 대장과 무선 교신을 나눕니다.

"무택이가 밤새 무산소에 노출돼 손과 코에 동상이 심합니다…. 나도 체력이 많이 떨어졌습니다…. 구조가 어렵습니다."

그것이 백준호가 세상에 남긴 마지막 말입니다.

그로부터 1년 뒤인 2005년 5월 29일. 휴먼 원정 대원들과 박무택의 시신을 옮기다가 그의 시신 바로 아래쪽에 덩그러니 놓여 있는 백준호의 배낭만을 발견했습니다.

내가 좋아하는 산악인이자 작가인, 그리고 휴먼 원정대 이야기를 책으로 쓰신 심산 작가의 글을 보면 백준호에 대한 이야기가 안타까우면서도 감동적으로 전해 집니다.

그날 밤의 등반을 나는 감히 한국 등반 사상 가장 의롭고 외로운 등반이라 부르고 싶다. 그날 밤의 등반을 통하여 백준호는 이승과 저승 사이에 가로놓인 거대한 심연을 훌쩍 뛰어넘어 버린 것이다.

나는 이따금씩 그들이 나누었을 최후의 대화를 상상해 본다. 아마도 박무택은 백준호를 만나자마자 눈물부터 흘렸을 것이다. 홀로 세계의 지붕 끝에 버려진 채 시시각각 다가오는 죽음을 기다려야 했던 그 밤이 얼마나 외로웠을까. 하지만 눈물을 흘리고 난 다음 아마 이렇게 말했을 법하다.

"준호 형, 누가 미련 곰탱이 아니랄까 봐… 여기까지 뭐하러 올라왔어?"

"그러게 말이다… 여기서 널 보니까 술 생각이 나네…. 야아, 경치 좋다."

이런 농담들을 나누면서도 그들은 이미 알고 있었을 것이다. 자신들에게 남겨진 지상 위에서의 시간이 얼마 남지 않았다는 사실을. 박무택이 젖은 목소리로 넌지시 말한다.

"형, 평생소원이 에베레스트 올라가는 거였잖아? 여기서 한 시간도 안 걸려…."

심산 작가의 글을 읽다가 눈물이 났습니다. 칠흑 같은 어둠을 뚫고

한기가 뼈 속까지 스미던 밤사이, 또 한 명의 고독은 친구의 마지막을 지켜 냈다. 이승과 저승을 건너뛴 그들의 숨소리가 내게 들리는 것 같았다.

올라와 아무도 없는 8700미터의 산에서 박무택과 백준호가 나누었을 산사내들의 이야기. 나도 그들의 이야기를 상상해 보며 가끔 그들을 위해 술을 마십니다. 그러다 보면 어느새 그들이 내 마음속에 들어와 이렇게 이야기합니다.

"홍길이 형! 한번 놀러와."

그들이 보고 싶습니다. 그들은 8000미터, 이 세상의 가장 높은 곳에서 아름답고 멋진 우정을 나눈 사람들입니다.

나는 미친놈입니다

시내 한복판에서 약속이 있는 날이면 머릿속으로 자전거가 다니는 도로가 있는지 먼저 생각합니다. 언제부턴가 서울 시내에도 주차장이 아닌 자전거를 세울 수 있는 장소가 있다면 하고 바란 적이 있습니다. 약속 장소까지 차로 이동하기엔 길이 너무 막히고, 복잡했거든요. 그 혼잡한 대로에 나 또한 차를 몰고 나갈 때면 한몫 거든다는 생각에 몹시 우울했습니다.

가끔 차를 두고 도보를 할 때면 신호등을 건너다 멈춰 서 있을 때도 있습니다. 공황이 시작된 것처럼 귓가에 아무것도 들리지 않고, 눈앞에는 어떤 지형도 보이지 않습니다. 다시 산으로 도망치고 싶다는 생각이 간절해 집니다. 그리고 잠시 기다렸다가 다음 신호를 택한 적도 있습니다.

매번 산행을 위해 식량과 장비를 준비하는 순간에도 나는 두려움에 떨며 눈물을 흘립니다. 두려움이라는 것이 24시간 정도만 지속되다 곧 멈추었으면 하고 바라지만, 다음 날 비행기에 몸을 싣는 순간까지도 계속됩니다. 돌아설까 발목을 붙잡는 유혹들과의 싸움입니다. 나 또한 사람인지라 어찌어찌 견뎌 보는 방법밖엔 도리가 없습니다. 산사람이라면 누구나 지니고 있는, 내색할 수 없는 공포겠죠.

하지만 어느새 난 또 산 아래 서 있습니다. 발 디딜 틈 없이 복잡한 도시에서 내가 오래 숨 쉴 수 없다는 걸 누구보다도 잘 알고 있으니까요.

1년 중 6개월의 시간을 보내는 내 집과 주변 인연들과의 끈은 계속 이어집니다. 하지만 나머지 반년을 산에서 보내는 산사람인 나는 많은 것이 부족한 사람입니다. 험난한 설벽을 오르며 로프 하나에 온몸을 매달고 있을 때보다 더 마음을 열 수 없는 것이 바로 문명이라고 생각하니까요. 그래서 다시 산으로 향합니다.

나는 더이상 눈물을 흘리지 않습니다. 그렇다고 감정이 설산의 눈처럼 꽁꽁 얼어붙은 사람은 아닙니다. 언젠가 나도 먼저 떠난 동료들처럼 산에서 죽을 수 있다고 생각하니 삶이 곧 죽음이고, 죽음이 곧 삶처럼 느껴집니다. 눈물이 마른 것이 아니라 조금씩 무뎌지고 있는 것이겠죠.

유난히 사람들의 영혼을 많이 삼키는 산이 있습니다. 언제나 산을 오를 때면 신께 나의 운명을 맡기곤 하지만 그 신조차 버린 땅도 즐비합니다. 싸늘하게 식어 있는 동료들을 볼 때면 한편으로는 산에서 잠들 수 있는 그들이 행복한 사람이라는 생각도 듭니다. 산사람들에게 그보다 멋진 마지막은 없으니까요.

영혼의 무덤인 산에 오를 때면 만감이 교차합니다. 등정하는 사람들의 길이라는 것이 모두 같은 판로로 이어진 것이 아니기에, 때때로 이곳저곳에서 동료들의 주검을 발견합니다. 나와 하등의 관계도 맺지 않은 사람들이건만, 그들 옆을 지나칠 때면 시신을 거두어 주지 못해 착잡한 마음이 드는 건 인지상정인 것 같습니다.

잠시 발길이 멈춰 집니다. 산과 하나가 된 그들을 위로하는 마음을 내려놓습니다. 추위와 사투를 벌였을 주검들은 각기 다른 고통을 얼굴에 담고 있습니다. 상상할 수 없는 외로움과 아픔이 그들을 엄습했을 때, 주변은 진정한 적막강산이었을 것입니다. 혼자였을 것입니다. 누구도 헤아릴 수 없는 외로운 마지막 길이었을 것입니다.

산은 자신과의 싸움입니다. 여러 명의 등반 동료들과 밥을 먹고, 차를 마시며 담소를 나누는 순간에도, 설벽에 텐트를 치고 밤을 지새우는 4, 50일간에도, 어찌 보면 모두의 마음 저 깊숙한 내면에서 쉼 없이 사투를 벌일, 자신과의 싸움인 것입니다.

외로움과 두려움에 떨고 있는 산사람들의 마음이 내려앉는 소리를 듣습니다. 먹먹해 집니다. 그리고 주검 앞에 한없이 고개가 숙여 집니다. 피부색과 언어, 문화는 달라도 우리를 하나로 묶어 주는 산이 있기에 산 몸뚱이로 그들 앞에 서 있는 내가 몹시 추하게 느껴 집니다.

발아래로 낭떠러지였다. 나를 삼키기 위해 도사리고 있는 곳곳의 위험이 목을 조여 왔다. 그럼에도 불구하고 난 산허리에 로프를 메고 오르고 또 올랐다. 그렇게 자연의 품에 안겼다.

등정 길에 오르는 나의 짐 꾸러미는 동료들의 영혼으로 채워 집니다. 가방 한 귀퉁이를 채우는 식량과 옷가지들, 그리고 등정에 필요한 도구들도 모두 그들의 마음을 담은 물건들이죠. 매번 산을 오를 때면 동료들의 영혼은 나의 등에 업혀 길 떠날 채비를 마칩니다. 가끔 평평한 설원지대를 지날 때도, 험난한 암벽 구간을 지날 때도, 그들과 함께 숨 쉬고 있는 나를 봅니다. 발아래 끝이 보이지 않는 낭떠러지가 도사리고 있어도 내가 포기하지 않는 용기를 모두 그것에서 얻습니다. 우리를 연결하고 있는 영혼의 끈이 내 몸 곳곳을 휘감아 산 위로, 더 위로 끌어당기는 것이라 생각합니다.

산을 무사히 내려와서도 오랫동안 악몽에 시달릴 때가 있습니다. 바로 어제 있었던 추락의 위험이 편안히 몸을 누이고 있는 순간까지 엄습합니다. 두려움이 내 몸에 진드기처럼 달라붙어 떨어지지 않습니다. 하지만 나에게는 산에서의 두려움보다 도심 속 문명이 더 받아들이기 힘든 일입니다. 도심 속 독을 마시는 일보다 두려운 일은 없으니까요.

죽음의 문턱을 넘나들면서도 산을 향해 발을 뻗고 있는 나는 미친 놈입니다. 아직 살아 경험하고 싶은 산들이 너무도 많기에 나는 살아 있을 것입니다.

하산을 준비하던 중 중심을 잃고 추락할 위험에서 기적적으로 살아났을 때도 오금이 저릴 만큼 무서웠습니다. 마치 눈에 반사된 햇볕을 처음 마주 봤을 때 눈이 시려 휘청거렸던 것처럼 아찔했습니다.

그럼에도 불구하고 난 산이 아닌 세계의 각종 지형이나 사막, 탐험가들의 무대에는 관심이 없습니다. 오직 산뿐이죠. 상상도 할 수 없고, 계획도 세울 수 없는 일이지만, 예견할 수 없는 산을 다시 오릅니다.

나는 사람입니다. 사람이기에 넘어서지 못할 자연과 사투를 벌이면서도 하나가 되려고 노력합니다. 그리고 그곳에서 난 살아 있음을 느낍니다. 지상의 30프로밖에 되지 않는 희박한 산소를 몰아쉬면서도 나는 도심이 아닌 산에서 다시 태어날 수 있는 산사람입니다.

정상은 끝이 있어도 추락은 끝이 없습니다. 그렇기 때문에 더 두려움을 느낄 수밖에 없습니다. 그러나 내 힘의 원천은 자연에서 솟아 그곳에서 회유할 것입니다. 아직 살아 있어, 내가 미친놈처럼 산을 오를 수 있어 행복합니다.

산은 정복하는 게 아니라 정상을 잠시 빌리는 것입니다.

산도, 삶도 용기 있는 사람에게 더 많이 허락하는 것입니다.

산이 나를 받아 주었기 때문에 올라갈 수 있는 것이지

산이 나를 거부하면 내가 아무리 잘났어도 절대로 올라갈 수 없습니다.

산에서 가장 먼저 배워야 할 것은 자신을 낮추는 것입니다.

미친놈에게 허락된 산을 향해 끝없이 감사합니다.

맨발의 아베베

아프리카 대륙 북쪽, 에티오피아라는 나라에 마라토너 아베베 비킬라라는 사람이 있었습니다. 1960년 로마 올림픽과 1964년 동경 올림픽에서 사상 최초로 마라톤 2연패를 기록한 아베베. 그 선수의 눈물겨운 도전정신을 나는 좋아하고 즐겨 생각합니다.

아베베의 조국 에티오피아는 1935년 이탈리아의 독재자 무솔리니에 의해 침공되어 식민지로 있다가 1960년 해방되었습니다. 그해 아베베는 이탈리아 로마에서 열린 올림픽, 그것도 올림픽의 꽃이라고 불리는 마라톤에 맨발로 출전하여 우승을 했습니다. 그러니 에티오피아 인들은 물론 모든 아프리카 인들에게 아베베는 얼마나 큰 감격을 안겨 주었겠습니까. 아마도 우리나라가 일제강점기에 있을 때 일장기를 달고 뛰던 손기정 옹만큼이나 벅차오른 감정이었을 것입니다.

이탈리아의 수도 로마. 독일 전차들이 다니던 길을 아베베는 맨발로 뛰었습니다. 무명의 아프리카 흑인이 맨발로 선두를 달리고 있는 것을 보고 많은 사람들은 "저 가난한 흑인이 신발 살 돈이 없었구나!"라고 말하며 야유를 퍼붓기도 하고, 측은해 하기도 했습니다. 그러나 그는 전세계 유명 마라토너들을 당당히 물리치고 우승했습니다.

그리고 4년 뒤인 1964년 동경 올림픽에서도 그는 맨발로 다시 뛰어 마라톤 2연패 우승을 기록했습니다. 그는 언제나 맨발이었습니다. 그래서 맨발의 왕자 아베베라고 불리었습니다.

아베베에게 기자들이 물었습니다.

"당신은 왜 맨발로 뜁니까?"

아베베가 대답했습니다.

"내 조국 에티오피아를 전세계에 알리고 싶은 제 나름의 방법입니다."

아베베는 그만큼 조국을 사랑했습니다. 그는 자신만의 방법으로 전세계 사람들에게 아프리카와 에티오피아를 알렸습니다.

1968년 멕시코 올림픽이 개최되고, 맨발의

분명 정상은 끝이 있어도 추락은 끝이 없었다. 숨통을 조이는 끝없는 좌절과 고통을 딛고 불굴의 투지로 난 정상에 올랐다. 내 자신을 이겨 내기 위한 도전이었다.

아베베를 기억하는 많은 사람들이 그의 3연패 마라톤 우승을 구경하기 위해 거리로 나왔습니다. 모두가 "아베베! 아베베!"라고 외치며 그를 응원했습니다.

그런데 이게 무슨 일입니까. 17킬로미터 지점까지 모든 선수들을 앞서 나가던 아베베가 갑자기 도로를 벗어나 경주를 포기하고 말았습니다. 그를 지켜보던 모든 사람들은 "아니, 아베베가 경기를 포기하다니"라고 수군거리며 놀라워했습니다.

경기가 끝난 후 아베베의 코치는 기자회견장에서 말했습니다.

"아베베는 올림픽경기가 열리기 몇 주 전 골절상을 입고 이번 대회에 도저히 참가할 수 없는 상태였습니다. 하지만 에티오피아 동료 선수의 페이스메이커가 되어 주기 위해, 골절상을 입고도 혼신의 힘을 다해 동료를 리드하며 같이 뛰었습니다. 그러다가 동료가 페이스를 찾자 17킬로미터 지점에서 아베베는 뒤로 빠지며 경기를 포기한 것입니다. 자신의 3연패 기록이 아닌, 동료 마라토너와 조국의 우승을 위해서 말입니다."

아베베의 노력대로 에티오피아는 멕시코 올림픽에서 마라톤 3연패 우승을 기록했습니다.

1969년, 아베베는 운동 연습을 하고 집으로 돌아가던 중 빗길 운전에 교통사고를 당해 하반신 마비 판정을 받게 됩니다. '마라토너에게 하반신 마비라니!' 아베베는 절망했습니다. 그러나 그의 불굴의 투지와 도전정신은 절망을 그저 절망으로만 받아들이지 않았습니다.

아베베는 휠체어를 탄 채로 운동을 시작했습니다. 때론 운동을 하다가 온몸의 근육이 마비되는 고통과 달릴 수 없다는 처참한 현실을 이겨 내야 했죠. 그리고 아베베는 전혀 겪어 보지 못한 양궁 종목에 도전했습니다.

그리하여 1970년, 그는 장애인 올림픽 양궁 부분에서 금메달을 목에 걸었습니다. 장애인이 되어 처음 시도하는 양궁 종목이었기에 아베베는 그야말로 피나는 노력과 근력 운동을 했다고 합니다.

인간의 체력과 정신의 한계를 이겨 낸 마라토너 아베베의 삶을 나는 가끔 학생들을 만나거나 강의에 초청되면 이야기합니다. 아베베의 도전정신이 산을 오르는 나에게 많은 힘이 되어 주었다고.

한 기자가 아베베에게 물었습니다.

"당신은 언제나 맨발로 뛰어 반드시 우승을 하는데, 무언가 마라톤에서 이기는 비결이 있습니까?"

아베베가 말했습니다.

"별다른 비결이라고는 없습니다. 다만 나는 남과 경쟁하여 이긴다는 것보다는 자기 자신의 고통을 이겨 내야 한다는 것을 늘 잊지 않을 뿐입니다. 마라톤은 장시간 힘을 필요로 하는 몹시 힘든 운동이기 때문에, 달리다 보면 때로 숨이 차고 가슴이 터질 듯합니다. 몸이 탈진 상태에 이르러 고통스러울 때도 많습니다. 그러나 자신의 고통과 괴로움에 지지 않고 끝까지 달렸을 때, 그것이 승리를 안겨 주는 것입니다.”

남에게 이기는 것이 아니라 자신에게 이기는 것. 그것은 비단 마라톤만이 아닙니다. 장시간 산을 오르다 보면 지치고 힘이 듭니다. 도처에 위험이 도사리고 있는 험준한 산을 걷다 보면, 언제 엄습해 올지 모르는 위험에 대한 공포가 너무도 두렵습니다. 고통과 공포를 이겨 내는 연습을 수도 없이 해 왔지만 그래도 익숙해 지지 않습니다.

그럼에도 불구하고 산을 오르는 것은 누군가와의 경쟁에서 이기는 것도, 높은 곳을 밟았다는 성취감도 아닙니다. 오직 고통의 과정 속에서 나 자신을 극복해야 한다는 불굴의 투지와 도전정신만이 이루어 낼 수 있다는 것을, 나 또한 깨닫게 되었습니다.

자기 자신의 고통을 이겨 내야 한다는 것, 그것이 그리 쉬운 일이 아니라는 것을 알고 있습니다. 그러나 승리는, 도전은, 희망은, 바로 이긴 자의 것입니다.

비박

프랑스어 'bivouac'과 독일어 'Biwak'에서 따온 비박의 뜻은 텐트 없이 산에서 밤을 지새우는 것을 말합니다. 등산을 하다 보면 예기치 못한 상황이 벌어져 목적지에 도달하기도 전에 밤이 찾아오는 경우가 있습니다. 그때 계획하지 않은 곳에서 잠을 자는 것입니다. 바위 밑이나 눈두덩 같은 곳에서 밤을 지새우거나 잠깐 눈을 붙이는 노숙이기도 합니다.

산을 다니면서 수없이 많은 비박을 했지만 나에겐 잊지 못할 비박이 있습니다. 2000년 칸첸중가8586미터 등반 때의 일입니다. 셰르파 한 명이 낙빙에 맞고 몇 미터 아래로 떨어졌습니다. 광대뼈 부근에 가벼운 찰과상만 입어 다행이구나 생각했는데 아침에 일어나 보니 숨이 끊어져 있었습니다. 시신을 옮기면서 셰르파들은 물론 대원들까지도 기력을 잃었습니다.

그러는 사이 우리가 닦아 놓은 길을 따라 영국 산악팀이 등정에 성공했다는 소식이 들려왔습니다. 전열을 가다듬고 재등반을 하려고 했습니다. 하지만 동료의 죽음으로 의기소침해져 있는 셰르파들이 마지막 캠프에 와서는 더 이상 가지 않겠다고 발을 묶어 버렸죠.

마지막 캠프인 7800미터까지를 구축하고, 결국 나와 박무택 대원만이 정상 공격에 나섰습니다. 박무택은 아끼고 사랑하는 산악인이자 8000미터급 이상 네 개 봉을 함께한 혈연 이상의 사이였습니다.

둘이서 앞서거니 뒤서거니 눈길을 헤치며 정상을 향했습니다. 꽤 많이 오른 것 같은데 아무리 가도 정상은 보이지 않았습니다. 우리는 체력의 한계를 느끼기 시작했죠. 분명히 정상이 머리 위 어딘가에 있을 것만 같았는데…. 탈진 상태에서 어느새 산소도 떨어져 가고, 엎친 데 덮친 격으로 밤이 오고만 것입니다.

"아!"

포기할 수는 없었습니다. 숨을 헉헉거리며 주저앉아 있는 박무택을 바라보는데 어둠 속에서 그의 눈빛 역시 나와 같은 생각이라는 것을 알 수 있었습니다. 머리 위로는 90도에 가까운 급경사 빙벽이 펼쳐졌고, 우리는 어느새 로프에 의지한 채 빙벽의 중간에 매달려 있었습니다. 그대로 설벽의 튀어나온 바위 턱에 엉덩이만 살짝 걸치고 동이 틀 때까지 비박을 하기로 결심했죠.

잠 못 이루는 자의 밤은 길다고 했지만, 밤이 그렇게 길고 긴 것인줄 그때 처음 알았습니다. 절벽, 로프에 매달려 엉덩이를 걸친 채 우리는 칸첸중가 8000미터 어디쯤에서 서로의 이름을 불렀습니다.

"무택아, 자면 안 된다."

그곳에 매달려 혹여 잠이 들면 얼어 죽는다는 것을 우리는 너무도 잘 알고 있었습니다. 추위는 둘째 치고, 온몸이 탈진 상태여서 눈만 살짝 감아도 그대로 잠이 들 것만 같았습니다.

문득 박무택에게 미안한 생각이 들었습니다. 산에 오르기 몇 달 전 그는 결혼을 했고, 임신 3개월 된 아내를 두고 왔습니다. 괜히 박무택을 불렀다는 후회가 밀려왔습니다.

"무택아, 우리 살아서 돌아가야 한다. 자면 안 돼!"

"홍길이 형, 자요?"

5초쯤? 아니 7초쯤? 잠들었을까. 박무택이 부르는 소리에 깜짝 놀라 바위 턱에 간신히 올려놓았던 엉덩이가 떨어지는 기분이 들었죠. 그네를 타듯 몸이 빙벽 밖으로 휘청 나갔다가 돌아올 무렵 다시 바위 턱을 찾아 엉덩이를 걸쳤습니다.

"무택아, 너도 자면 안 돼! 잠들면 죽는다."

그렇게 빙벽에 매달려 깜빡깜빡 졸 때면 우리는 허공에서 그네를 타고 다시 제자리를 찾는 것을 반복했습니다. 밤새 얼마나 많이 서로의 이름을 불렀던가. 다행히 칸첸중가의 신은 우리가 그곳에서 하룻밤 비박을 할 수 있게끔 허락해 주었습니다. 조금씩 눈발이 날리기는 했지만 날씨는 좋았습니다. 밤하늘에 별들이 총명하게 보일 정도였

살갗을 도려내는 듯, 쓰린 바람이 온몸을 뚫고 지나갔다. 여전히 밤이었고 백야의 태양이 그리웠다. 그리고 내 동료의 이름을 수없이 불렀다. 우리는 꼭 살아야 했다.

으니까요. 바람이 세게 불고, 기온이 더 내려갔더라면 우리는 그 자리에서 그대로 눈을 감았을 것입니다.

로프를 붙잡고 10여 시간 쪼그려 앉아 사투를 벌이며 서로의 이름을 부르는 사이 어느새 멀리 동이 터왔습니다. 그때 그 빛을 잊을 수가 없습니다. 어둠이 물러나며 붉은빛이 산악으로 올라오는데, 탈진해 있던 몸에 갑자기 기운이 돌았습니다. 손가락 하나 움직일 수 없었는데, 손가락 끝에서부터 그리고 발가락 끝에서부터 태양의 붉은 기운들이 스멀스멀 온몸으로 올라오는 것을 느꼈습니다.

지금 생각하면 삶의 기쁨이란 바로 그런 것이 아닌가 싶습니다. 아침에 태양이 떠오르고 밝은 빛이 비추어 우리가 살아 있고, 깨어나 일어설 수 있다는 것, 그것만으로도 삶이란 기쁨인 것입니다.

날이 밝자 우리는 다시 정상으로 향했습니다. 바로 100미터 정도를 올라가니 정상이었죠. 정상 바로 아래, 처마 밑에서 우리는 비박을 한 셈입니다.

세계 3위의 최고봉 칸첸중가.

후일담이지만 베이스캠프에서 박무택과 내가 칸첸중가 정상에 오를 것을 대비해 KBS팀이 카메라를 대기해 놓았던 모양입니다. 그날 밤 9시 뉴스에 방송하려고 했던 거죠. 당시 KBS에는 내가 존경하는 이거종 형님이 영상제작국 부장으로 계셨습니다. 베이스캠프에서 망원경으로 아무리 찾아봐도 박무택과 내가 보이지 않더랍니다. 9시

뉴스에 내보내는 것이 문제가 아니라 우리가 사라진 것 때문에 밤새 잠을 못 주무셨다고 전해 들었습니다.

'아! 홍길이가 이렇게 가는구나!'

형님은 가슴이 저미었다고 합니다. 그런데 이른 아침 망원경으로 정상을 보니 두 사람이 멀리서 걸어가는 것이 보였다고 합니다. 얼마나 감격했을까요. 우리 산악인들은 산속에서 그런 연민을 서로에게 느끼고, 또 쌓아온 남다른 우정을 지닌 사람들입니다.

박무택과 함께 칸첸중가에 오른 지 어느새 8년이 지났습니다. 그 후로도 많은 산을 올랐지만, 그때 박무택과 함께 빙벽에서 비박을 한 것은 잊혀지지 않습니다.

몹시 추운 겨울, 지하도를 내려가다 할머니 한 분이 쪼그리고 앉아 계신 것을 보았습니다. 조그맣고 남루한 박스 위에 몇 덩이의 귤을 올려놓고 장사를 하고 계셨죠. 할머니를 보는 순간 나는 칸첸중가에서 박무택과 비박을 했던 생각이 났습니다.

'아! 저 할머님도 비박을 하고 계시는구나! 이 세상 가난한 사람들이 지하도에서, 시장 좌판에서 저렇게 앉아 비박을 하고 있구나!'

눈물이 났습니다. 귤을 사들고 마저 지하도를 내려가는데 갑자기 산에서 죽은 박무택이 너무너무 보고 싶어졌습니다.

킬리만자로 희망 원정대

7대륙 최고봉 중 하나인 아프리카의 킬리만자로5895미터는 독특한 매력을 지닌 곳입니다. 세계의 많은 고봉들이 거대한 산맥 가운데 위치하는데, 킬리만자로는 드넓은 평원 위에 홀로 우뚝 서 있습니다. 적도 부근에서는 유일한 정상의 만년설은 보면 볼수록 신비스러운 느낌을 줍니다. 우리에게 헤밍웨이의 소설이나 조용필의 노래로 더 유명한 그곳을 나 역시 무척 사랑합니다.

산 정상 부근에는 1889년 첫 등정에 성공한 독일인 지질학자의 이름을 딴, 한스 마이어 동굴이 있습니다. 그 동굴 속에 냉동된 한 마리 표범이 있는데, 어째서 그곳에 있는지 아무도 알지 못합니다. 생각하기엔 그 표범이 리처드 바크의 소설 『갈매기의 꿈』에 나오는 조나단 리빙스턴과 같은 존재가 아니었나 싶습니다. 그리고 단지 먹이를 사냥하고 살아가는 것이 아니라 더 높은 꿈을 추구한 표범이 전생의 내가 아니었을까 생각했습니다.

2005년 12월, 나는 장애인 열 명, 멘토 열 명, 방송진 열네 명으로 구성된 희망 원정대를 이끌고 킬리만자로로 향했습니다. 장애인 대원들 중에는 선로에 떨어진 어린 생명을 구하다가 열차에 치어 왼쪽 다리를 잃은 철도원 김행균 씨, 세계적인 장애인 마라토너 홍석만, 문정훈 선수, 작가의 꿈을 가진 청각 장애인 윤석화 씨 등이 포함되어 있었습니다. 또 소설가 박범신 선생님, 오세훈 서울 시장, 가수 안치환 씨 등이 멘토를 자처하고 나섰습니다.

킬리만자로는 결코 가벼이 볼 수 있는 산이 아닙니다. 그보다 높은 8000미터급 봉우리들을 오르내리던 산악인들도 그곳에서 고산증으로 고생하기도 했습니다. 그렇기 때문에 우리는 출발에 앞서 국내 산에서 훈련 기간을 가졌습니다. 장애인들과 함께 산에 오르는 것은 보통의 산행보다 몇 배나 힘들고 어려운 일이었습니다. 하지만 나는 불행한 처지나 환경에 굴하지 않고, 누구나 그 장애물을 뛰어넘을 수 있다는 꿈과 희망을 사람들에게 심어 주고 싶었습니다. 그렇기에 우리는 누구도 힘들다고 불평하는 이 없이 묵묵히 서로 격려해 주며, 또 웃으며 훈련에 임할 수 있었습니다.

아프리카까지 비행기를 타고 가는 일에서부터 산행 시작점까지 자동차로 이동하는 일도 쉬운 일이 아니었습니다. 우리 모두는 산행의 안전을 기원하는 고사를 산신령께 드린 후, 설레는 마음으로 산행 시작점인 마랑구 게이트 1800미터에 들어설 수 있었습니다. 하늘도 희망 원정대를 도우시는지 열대우림지대와 초원지대를 큰 어려움 없이 지나 호롬보 3720미터까지 모두가 순조롭게 도착했습니다. 우리의 1차 목표지가 바로 그곳이었죠.

하지만 그때부터 문제가 일어나기 시작했습니다. 고산증을 보이는 대원들이 하나둘 나타났습니다. 여러 사람들이 토하며 경련을 일으켰고 실신하는 대원들까지 있었습니다. 나는 대장으로서 그들에게 하산 명령을 내렸습니다. 만일 무리한다면 목숨까지 위험할 수 있었기 때문입니다. 대부분 내 말에 따랐지만 증세가 완화되어 사막지대를 지나서, 더 높은 곳인 키보 산장 4700미터까지 동행한 대원들도 있었습니다.

2005년 12월 12일 밤 열한 시. 한 치 앞도 볼 수 없는 어둠 속에서 오직 하늘의 별들만이 눈부시게 아름다웠던 그 밤. 스물네 명의 희망 원정대가 세계에서 가장 큰 화산인 키보 화산을 오르기 시작했습니다.

나는 중간에 약간의 고산증이라도 보이는 대원에게는 내려가라고 명령했습니다.

표독스러운 짐승의 이빨을 드러내는 산에서 나는 희망을 그렸다. 그리고 포기하지 않는 아름다운 동행을 배웠다.

그때는 모두 대장의 말을 잘 따라 주었습니다. 가파른 화산을 오르는 일에는 조금의 방심이나 지체도 허락할 수 없습니다. 또 대원들은 틈틈이 쉴 것을 요구했지만 나는 원정대 대장으로서 그들을 재촉하며 '전진'을 외쳐야 했습니다.

키보 산장에서 최종 목적지까지 밤에 오르는 이유가 있습니다. 그곳의 고도가 무척 높아 해가 있을 경우에는 엄청난 자외선이 포함된 햇살을 받게 됩니다. 그때 화산재와 흙으로 이뤄진 땅이 녹아 발목까지 땅속에 빠지기 때문에 산을 오르는 것은 불가능합니다. 더구나 우리 원정대에는 장애인들이 많았습니다. 그렇기 때문에 그나마 사람이 견딜 수 있는 한밤 영하 20도의 추위에 이동을 결정했던 것입니다.

많은 장애인과 멘토, 방송진들이 중간에 내려갔습니다. 하지만 김행균, 한현정, 윤석화, 강경호, 한태석 장애인 대원들은 분화구가 내려다보이는 정상 부근의 길만스 포인트5685미터까지 올라 일출의 감격을 누렸습니다. 정상 포인트인 우후르 피크5895미터, 또는 그곳 길만스 포인트까지 오른 이에게는 킬리만자로 등정 증명서가 수여되었습니다. 그들에게는 일반인이 받는 것과는 비교할 수 없을 만큼 가슴 뿌듯하게 느껴지는 등정 증명서였을 것입니다.

부족한 나를 믿고 따라 준 그들이 고마웠습니다. 그리고 올라간 산의 높이에는 상관없이 그들 모두가 아름다운 희망 원정 대원이었으며 진정한 극기를 이뤄 낸 사람들이었습니다.

인간은 각자가 하나의 산이자 자신이 닿을 수 있는 목표까지 도전해야만 하는, 포기해서는 안 되는 존재입니다. 갈매기 조나단 리빙스턴처럼, 킬리만자로 정상 부근의 얼어붙은 표범처럼 일상에 안주하지 않는 높은 꿈을 가져야 합니다.

킬리만자로 산행을 마친 후 희망 원정대는 남아프리카공화국의 희망봉에 도착했습니다. 각자의 마음에 있는 소망을 이름과 함께 풍선에 적은 후, 푸른 하늘을 향해 띄웠습니다. 꿈이 반드시 이루어지리란 믿음으로….

눈가에 주름꽃이 피었습니다

마음에 둔 하늘이 있습니다. 솔직히 말하자면 그곳에 산이 있기에 그 산 위, 하늘에 눈을 두고 싶은 것입니다. 매일을 하루처럼 생각하는 등반은 내게 만만치 않은 거대함입니다. 하지만 그곳에 산이 있기에 난 그곳을 향해 한 번이라도 더 크게 숨을 들이마십니다.

빙벽을 오르기 전 아이젠(강철로 된 스파이크 모양으로 얼음에 미끄러지지 않도록 등산화 밑에 덧신는 등산 장비)을 평평한 땅에서 신은 후, 점검하는 시간을 갖습니다. 애꿎은 벽면을 퉁퉁 앞발로 두드려 봅니다. 열두 시간 이상을 로프에 매달려 산을 타야 하는 경우를 대비해 고지의 심호흡을 내 나름대로 다시 한 번 가다듬는 방법입니다. 앞발로만 매달려 있어야 하는 수천 미터의 고산들은 내게 이런 안도의 습관을 기억하게 합니다. 두 발을 땅에 곧이 대고 서 있는 편안함을 수천 미터의 고지에서도 느끼려는 나만의 노력이죠.

나의 산악 인생의 정점은 동료의 시신을 수습하기 위해 오른 에베레스트에서였습니다. 하얗게 굳어 버린 동료의 손에 장갑을 끼워 주었던 그날이 선합니다. 전생에 깊은 산속의 나무나 작은 바위가 아니었을까 생각하며 산을 타기 시작한 나지만 하얀 얼음덩어리로 남은 동료의 주검 앞에서는 자만이 아닐까 뒤를 돌아보게 됩니다. 사람들로 가득한 도심에서보다 산소가 희박한 산속에서 숨을 쉬는 것이 더 편안하니 하는 말입니다.

걸어 다닐 수 있을 때부터 산을 탔고, 온통 보이는 것이라고는 등산객뿐이었습니다. 나무하고 토끼를 잡으며 때로는 개울가에서 밥해 먹으며 자랐습니다. 자연에 눈을 뜨게 된 것도 그런 어린 시절의 영향이 컸던 것 같습니다.

그저 산이 좋았습니다. 등반을 시작하고 천신만고 끝에 오른 정상에서 가슴을 채우는 것은 허탈감이었습니다.

'도대체 무엇이 목숨을 걸고 여기까지 오게 만들었을까.'

수백 번도 더 되뇐 말입니다. 더이상 오를 곳이 없다면 이제 나는 어디로 가야 할지 묻고 또 묻습니다. 8000미터의 높이에서 로프에 매달려 숨을 고를 때도 내가 지금 여기서 뭘하고 있는지 생각할 때가 많았습니다.

힘겨움에 몸서리칠 때면 함께한 동료들은 내게 더욱더 기대 옵니다. 악조건과 사투를 벌이기는 매한가지인 나에게 말입니다. 정상을 포기하고 철수하자는 말이 떨어지기를 그들은 기다립니다. 하지만

산의 신들은 내게 깊은 주름을 남겼다. 고통과 좌절, 그리고 마지막으로 희망을 떠안겼다.

난 전혀 다른 화두를 그들에게 던집니다. 누군가가 앞장서 그 난관을 뚫어야 하기 때문입니다. 선두에서 내가 먼저 길을 열 것인지, 아니면 동료 중 누군가가 길을 열 것인지를 나는 그들에게 되묻습니다. 살을 에는 추위 속에서 그들의 언 몸뚱이가 아닌 정신을 읽어야 하기 때문이죠.

그럴 때면 나는 사람이 살 수 없을 것 같은 민둥산이 이어지고 그 아래로 회색빛이 감도는 강이 도도하게 흐르는 마을을 생각합니다. 간간이 나타나는 마을과 뙤약볕 속에 양떼를 몰고 가는 촌로의 모습을 상상하며 삶의 흔적들을 좇습니다. 그리고 잔잔하고 평화로운 그것들을 등지고, 나는 내 인생의 베이스캠프를 치기 위해 계속 산을 오릅니다.

산을 오를 때는 보통 5000미터 이상의 높이에 베이스캠프를 치게 됩니다. 산을 오르는 데 필요한 물자를 대기 위해 베이스캠프의 위치는 무척 중요합니다. 그곳은 셰르파들의 활약 무대가 됩니다. 정상을 향한 캠프를 구축할 때마다 셰르파들은 캠프와 캠프 사이를 오가며 등반에 필요한 물자를 나릅니다. 장거리 산행일 경우 우리는 좀더 편안하게 물자를 공급받고, 대원들에게 휴식처를 제공하기 위해 고지와 가까운 곳에 베이스캠프를 치게 되는 것이죠. 그렇기에 좀더 높은 고지를 향해 오를 수밖에 없습니다.

해발 5000미터를 오를 때의 산소는 평지의 50프로밖에 되지 않습니다. 더 높은 7000미터 이상의 산을 오를 경우에는 평지의 30프로를 밑돌게 됩니다. 고도를 높일 수록 상당수의 대원들은 고소증을 호소하게 됩니다. 머리가 지끈지끈 아프고 심하면 구토 증세와 함께 아무것도 입에 대기 싫어집니다. 그리고 위액까지 넘길 정도로 고통스러워 합니다. 증세가 더 악화되면 뇌수종이나 폐수종으로 목숨까지 잃게 됩니다.

하루 1000미터의 고도를 높이면 1, 2일은 무조건 쉬어야 합니다. 그래도 밤이 되면 기온이 떨어지고 기압이 낮아져 증세가 더 심해지는 경우가 다반사입니다. 그래서 에베레스트 카라반 도중 로지에 들어가면 "무서운 고소증세 죽음은 밤을 기다리지 않는다"라는 문구가 있을 정도니까요. 오르는 것이 목적이 아니라 살아 돌아오기 위해서는 반드시 산을 내려와야 합니다.

나는 신이 나를 받아 주리라는 믿음을 가집니다. 인간이 극도의 상태에 이르게 되면 모든 것을 잊어 버립니다. 아니 모든 것을 잃어 버립니다. 내 손발의 동작조차 느껴지지 않는 무아의 상태로 들어가는 것이죠. 인간의 언어로 전할 수 있는 느낌이 없어지는 것입니다. 등정의 기쁨 같은 감정의 노출조차 사치가 되는 순간이죠. 오직 어떻게 내려갈 것인가 하는 일념밖에 남지 않습니다.

"나는 전생에 산이었다. 내가 바위였고, 나무였고, 바람이었다. 인간은 제아무리 문명의 장대함을 과시해도 하나의 자연물에 불과하다는 것을 알고 있다. 인간은 자연에서 태어나고 자연으로 돌아간다"라고 여러 번 외치며 산을 오르내립니다.

산과 나는 어머니와 자식관계에 놓여 있다고 생각합니다. 산에서 죽어도 어머니 품에서 죽는 것이니 그다지 두려울 것은 없습니다. 산이 있음으로 해서 내가 존재할 뿐이니까요.

산이 곧 나고, 내가 곧 산인 것입니다. 그렇기 때문에 내가 산의 정복자가 아니며 정복 당한 것이 산이 아니라는 말이죠. 산사나이들은 산을 정복하려 하지 않습니다. 산은 그저 경외의 대상일 뿐입니다.

나는 정상에 올랐을 때 자연과 하나가 되는 경험을 합니다. 자연에 순응하면서 말입니다. 싸워서 이기는 상대가 산이 아니라는 말이죠. 그리고 끊임없이 자연에 감사합니다.

아무리 보잘것없는 음식이라도 늘 자연과 신에게 감사하며 첫술을 뜹니다. 맥주 한 잔을 마실 때도 몇 방울 먼저 땅에 덜어 냅니다. 본격적인 몬순(폭우와 폭설을 동반하는 아라비아 계절풍)이 시작된 기간에 무려 8일간이나 쾌청한 날씨가 계속된 것도 내가 자연에 순응했기 때문이라고 생각합니다. 산은 나의 정성을 외면하지 않았고, 몇 가지 기적으로 화답하곤 했으니까요. 모든 일은 늘 사람이 꾸미지만 이루어짐은 하늘에 달린 것입니다.

언젠가 빙벽에 붙어 머리 위로 쏟아져 내리는 눈더미를 고스란히 몸으로 받아 내야 했던 적이 있습니다. 순간 '이제 정말 죽었구나' 하는 공포가 밀려왔죠. 얼음 깊숙이 박아 넣은 피켈에 의지해 꼼짝 않는 방법밖엔 기댈 곳이 없었습니다. 그것이 산입니다.

정상을 여러 번 포기하며 나를 보호하는 방법을 배웠습니다. 그렇기에 산은 꼭 정복해야만 하는 것이 아니라고 말하고 싶습니다. 그저 나란히 함께 걷는 것입니다. 자연과 내가, 그리고 우리가.

자연을 거스르지 않는 내 눈가의 주름꽃처럼 나는 활짝 웃는 어린 시절 어느 즈음의, 여전히 산을 경외하는 소년이고 싶습니다.

아침

아침은 내가 하루 중 가장 사랑하는 시간입니다. 날이 밝기 전에 일어나서 하루를 머릿속에 그려 보고, 구체적으로 설계하는 일은 내게 무척이나 중요합니다. 영원의 흐름 속에서 한 번 흘러가 버리면 다시는 돌아오지 않을, 오늘이 바로 가장 소중한 시간입니다.

아침은 나를 끝없이 설레게 합니다. 잠에서 깨어나 두 눈을 뜨고 세상을 바라보면, '할 수 있다'는 자신감이 솟아오릅니다. 아무리 어제라는 시간이 힘들었어도, 어김없이 다시 떠오르는 태양을 보면 희망이 되살아납니다.

특별한 일이 없는 한 나는 아침 일곱 시쯤이면 일어나 집 근처 삼각산, 혹은 도봉산 정상까지 올라갑니다. 왕복 서너 시간이 걸리는 짧지 않은 산행이지만 그 일은 내 삶에 활력소를 불어넣는 소중한 것입니다. 각박한 문명 세상에서 쉽게 해결되지 않는 갈등과 결정을 내려야만 하는 것들, 고민들, 스트레스 등을 산에 오르내리면서 차분히 정리합니다. 그러면 나아갈 방향이 제시되고 자신감이 생기면서 명쾌한 답을 가지고 내려오게 됩니다.

날이 갈수록 자신의 목소리를 높여만 가는 인간들과는 다르게 산은 무한한 침묵으로 나를 가르칩니다. 그 침묵의 소리에 귀를 기울이다 보면 이제껏 내가 해 온 걱정들이 대부분 기우였음을, 그리고 고민하기보다는 더 경험하고 부딪히는 삶을 살아야 한다는 것을 배우게 됩니다. 동시에 자신을 낮추고 더욱 겸허해져야 한다는 것을 깨닫게 됩니다.

아침에 불어오는 신선한 산 공기를 들이마시면 정신과 육체가 맑고 깨끗해지는 것을 느낄 수 있습니다. 꽉 막힌 것 같았던 폐속 세포들이 다시 숨 쉬고, 심장이 더욱 힘차게 펌프질하는 것을 느낍니다. 그러면서 이 순간 살아 있는 나의 존재를 깨닫게 됩니다.

히말라야의 고봉들에 오를 때에는 그 과정이 너무도 힘들어 차라리 죽는 것이 낫겠다 싶을 정도로 고통스러울 때가 많았습니다. 하지만 다음 날 아침을 맞이하면 그런 생각은 온데간데없고 새롭게 정신을 무장하는 나 자신을 발견하곤 했습니다. 만약 아침이 존재하지 않았다면, 그 힘들고 위험한 산을 오르기 어려웠을 것입니다.

비박을 했을 때의 일입니다. 시시각각 나를 조여 오는 죽음의 공포를 느끼며 바람이 거세게 몰아치는 그곳에서 로프 하나에 몸을 의지한 채 밤을 새웠습니다. 영하 40도의 강추위 속에서 나도 모르게 졸음이 쏟아졌습니다. '자면 죽는다, 자면 죽는다!' 라고 끝없이 속으로 외치면서도 어느새 잠에 빠져들었습니다.

다시 눈을 뜨면 필사적으로 생명줄인 로프에 매달렸습니다. 지나간 삶, 내가 사랑하는 사람들이 한 편의 짧은 영화처럼 내 눈앞을 스쳐 갔습니다. 눈물이 흘렀습니다. 그렇게 열 시간 동안 자고 깨는 것을 반복하며 삶을 향한 처절한 투쟁을 벌였습니다. 시간이 얼마나 흘렀는지, 그곳이 저승인지 이승인지도 모를 지경이 되었습니다. 하지만 어느 순간 눈을 떴을 때, 태양이 구름바다 위에서 환하게 비추고 있었습니다.

아침이 밝으니 '아, 이제는 살았구나. 살았어!' 라는 생각이 들었습니다. 나에게 비쳐 오는 빛줄기의 에너지가 그대로 흡수되는 느낌이었죠. 밤새 얼었던 몸이 풀리고, 온몸에 따뜻한 피가 새로 도는 것 같은 그 느낌. 다시 새로운 생명을 갖게 한 그 아침이 너무나 반갑고 고마웠습니다. 그래서 다시 힘을 내어 100미터 정도 남은 정상에 오른 후, 무사히 하산할 수 있었습니다.

아침은 우리 모두에게 새로운 힘을 줍니다. 태양은 매일 매일이 새로운 것입니다. 많은 문제들에 둘러싸여 고민하고 있는 사람들, 감사할 줄 모르는 사람들, 자기 잘난 멋에 사는 사람들, 삭막한 도시 문명에 찌들어 있는 현대인들에게 권해 주고 싶습니다. 아침 일찍 시간을 내어서 산에 올라 보라고, 자연을 접해 보라고, 떠오르는 태양을 넓은 가슴으로 맞아 보라고…. 매일은 어려울지라도 때로 그러한 시간을 갖는 것이 꼭 필요합니다.

삶에 있어 수평적인 좌표에서 얼마나 앞으로 나아가는지도 중요하지만, 때론 높은 곳에 올라 그 길을 객관적으로 바라보는 것도 필요합니다. 산에 올라가 자신의 인생에서 무엇이 잘못되었으며 앞으로 어떻게 살아야 하는지, 자기 자신을 차분히 돌아보고 깨우치는 시간을 가져 보는 것이 좋습니다. 그러면 분명히 이제까지와는 다른 자신을 발견할 것입니다. 더욱 힘차게 자신의 길을 걸어갈 수 있게 될 것입니다.

오늘 아침, 다시금 새로운 햇살이 나를 비추고 있습니다. 안주하지 않는 삶을 살라고, 도전하는 삶을 살라고 내게 말하고 있습니다. 이 순간 나는 살아 있습니다. 그리고 오늘도 나는 산에 오를 것입니다. 히말라야처럼 높은, 맑은 아침처럼 항상 깨어 있는 삶을 향해 쉼 없이 나아갈 것입니다.

셰르파 이야기

대부분의 사람들은 셰르파sherpa를 '짐꾼'이나 '산악가이드'로 알고 있습니다. 그러나 셰르파는 네팔의 솔로쿰부라는 지역에 사는 고산족의 성姓을 뜻합니다. 티베트어로 동쪽을 뜻하는 '샤르shar'와 사람을 뜻하는 '파pa'의 합성어로 '동쪽에서 온 사람'을 의미합니다. 티베트의 동쪽에서 이주해 온 부족임을 말해 주고 있는 것이지요. 따라서 언어, 풍습, 종교 등 모든 것이 티베트 사람들과 같습니다.

1953년 영국의 에베레스트 원정대가 세계 최고봉에 오른 것이 알려지면서 에베레스트를 등정한 에드먼드 힐러리와 그와 함께 오른 셰르파 텐징 노르게이의 존재도 알려졌습니다. 그러니까 셰르파라는 고산족이 알려진 것은 불과 50년 정도밖에 되지 않습니다. 히말라야 고산 등반에서 셰르파족들이 해 온 역할은 세계 히말라야 등반사에서 없어서는 안 될 만큼 그 공이 큽니다.

고통으로 울부짖던 셰르파 다와 따망을 기억한다. 난 죽어가는 그의 손을 잡아 주지 못했다. 눈물조차 값싼 동정처럼 느껴졌다. 그리고 그를 내 가슴에 묻었다.

나 역시 셰르파들이 없었다면 세계 최초로 16좌를 오르는 것은 불가능했을 것입니다. 항상 그들이 앞서서, 혹은 곁에서 나를 도왔고, 또 존재하게 해 주었습니다. 캠프를 구축하고 있는 동안 식량도 날라 주었고 산악 장비도 전해 주곤 했습니다.

애석하게도, 또 안타깝게도 16좌에 오르는 동안 나는 네 명의 셰르파를 잃었습니다. 1986년 에베레스트에서 술딤 도르지 셰르파, 1997년 안나푸르나에서 나티 셰르파, 1999년 안나푸르나에서 까미 도르지 셰르파, 2000년 칸첸중가에서 다와 따망 셰르파. 그들은 히말라야에 있으면서 내 마음속에도 묻혀 있습니다.

형제보다 더 뜨거운 우정을 나누었던 까미 도르지와 다와 따망. 그들의 모습이 아직도 눈에 선합니다. 히말라야를 바라보면 그들의 얼굴이 큰 바위 얼굴처럼 산중턱에서 떠오릅니다.

스무 살 나이에 나와 함께 에베레스트를 오르다 숨진 막내 셰르파 술딤 도르지. 그는 결혼한 지 겨우 4개월밖에 되지 않았었습니다. 그때 당시, 15세의 어린 신부가 있었죠.

1987년 1월, 에베레스트 남서벽 캠프4 7800미터에서 캠프5로 이동하는 루트를 개척하고 있을 때 내가 부탁한 산소통과 식량을 보급하려고 캠프3에서 캠프4로 오던 셰르파 두 명 중 한 명이 추락했다는 소식을 들었습니다.

등반을 포기하고 산을 내려와야 했습니다. 베이스캠프로 가기 위해 캠프3에 있는 절벽을 내려가다가 눈 위로 흩어진 붉은 피와 절벽에 걸려 찢어진 옷, 배낭, 그리고 바위 한 구석에 끼어 있는 설상화 한 짝을 발견했습니다.

1985년 에베레스트 첫 등반에 실패하고, 두 번째로 에베레스트를 도전하던 당시 나는 스물일곱 살이었습니다. 산에서 처음으로 겪은 죽음이었습니다. 얼마나 무서웠는지 모릅니다. 온몸으로 무시무시한 공포와 불안감이 몰려왔습니다. 에베레스트의 혹한 추위와는 다른 냉기가 퍼져 온몸이 꽁꽁 얼어붙는 듯했습니다. 다리도 덜덜 떨렸습니다.

등반을 포기하고 내려오는 길에 셰르파 술딤 도르지의 집이 있는 산간마을 '팡보체'를 지나는데, 아들을 잃은 슬픔에 울고 있는 홀어머니와 곁에서 조용히 눈물을 흘리고 있는 그의 어린 신부를 보았습니다. 영원히 잊을 수 없는 아프고, 아리고, 슬픈 장면이었습니다.

그들의 슬픔을 달래 주기 위해 당시 내가 할 수 있는 일은 아무것도 없었습니다. 에베레스트 등정의 실패보다 더 큰 마음의 좌절이었습니다.

2000년 칸첸중가8586미터를 나와 함께 오르던 셰르파 다와 따망 또한 잊을 수 없습니다. 낙빙에 맞아 다와가 더이상 산을 오를 수 없는 상태에 이르렀습니다. 매트리스에 감아 그를 데리고 내려오던 중 다와는 그만 사망했습니다. 마지막 순간에 다와는 자꾸 밖으로 손을 내밀었습니다. 그것이 다와와 나의 마지막이었습니다.

14좌를 함께 오르기로 약속했던, 나의 분신이나 다름없던 셰르파 다와 따망. 싸늘히 식어가는 다와의 시신 앞에서 내가 해 줄 수 있는 일은 장갑을 벗어 그의 손에 끼워 주는 일밖에 없었습니다. 나는 나와 목숨을 함께했던 동료들에게, 셰르파들에게, 그리고 그의 가족들에게 아무것도 해 주지 못했습니다.

16좌를 오르고 나서 제일 먼저 떠오른 것이 그들이었습니다. 그리고 내 앞에서 죽어 가는 그들을 보고, 또한 오열하는 그의 가족들 앞에서 아무것도 할 수 없었던 일들이 가슴 깊이 슬픔과 연민으로 남아 있습니다. 16좌를 끝내고 나는 이제 그들의 가족들을 돕는 일을 해야겠다는 생각을 했습니다.

2001년 로체샤르8400미터 원정 때, 15년 전에 죽은 셰르파 술딤 도르지의 아내를 만났습니다. 통곡하고 있던 술딤의 어머니 옆에서 조용히 눈물을 찍어 내고 있던 어린 신부. 아직도 30세밖에 안 된 그녀

셰르파가 죽었다. 아들을 잃은 슬픔과 남편을 잃은 실의에 빠져 있던 가족들이 내 눈에 와 박혔다. 그리고 나는 그들을 끌어안았다.

는 여전히 혼자 술딤을 만났던 산마을에서 살고 있었습니다. 15년이 지났는데도 그녀는 술딤을 떠나보내지 못하고 있었던 것입니다. 그녀는 너무 젊은 나이에 죽은 술딤의 모습이 자꾸 떠오른다고 했습니다. 내가 그녀를 도와줄 수 있는 것은 그녀가 먹고살 수 있도록 원정대의 주방 일을 돕게 하는 일이었습니다.

그리고 2002년 월드컵 성공 기원 에베레스트 등반에 이어, 2003년 로체샤르 등반, 2005년에서 2007년까지 해마다 히말라야 원정길에 오를 때면 나는 술딤의 아내 '학파디기'를 베이스캠프로 데려와 일자리를 주었습니다.

셰르파 다와 따망, 까미 도르지의 가족들에게도 살아가는 데 조금이라도 도움이 되어 주고 싶어 히말라야를 찾을 때마다 그동안 내가 모아 온 약간의 성금을 주기도 했습니다. 그렇게라도 하는 것이 나의 형제 셰르파들을 위하는 일이라 생각했습니다.

그런데 16좌 등반을 모두 마치면서 제일 먼저 걱정이 된 것은 이후에 그들을 어떻게 도와야만 할까라는 생각이었습니다. 그때 문득 떠오른 것이 셰르파의 가족들은 물론 산에서 유명을 달리한 산악인의 가족들, 이 세상에 인간의 한계를 극복하며 살아야 하는 어려운 사람들을 도와야겠다는 결심을 굳혔습니다. 그리고 도전정신을 필요로 하는 사람들을 위해 살아야겠다는 생각이 들었습니다.

그렇습니다. 세계에서 가장 높은 16좌를 다 올랐다고 해서 내가 더 이상 오를 봉우리가 없는 것은 아닙니다. 그들의 봉우리를 오르며, 그들을 위해 살아야 한다는 깨달음이 내 속에 들어오기 시작했습니다.

수없이 많은 고산을 오를 때마다 내 곁에는 항상 셰르파들이 있었습니다. 내가 세계 최초 16좌에 오를 수 있는 영광을 안게 된 것도 바로 그들이 있었기 때문입니다.

셰르파족들에게 있어서 가장의 죽음은 크나큰 아픔과 슬픔은 물론, 경제적인 손실도 함께 가져다줍니다. 고산에서는 여성들이 의식주를 해결할만한 일거리가 없기 때문입니다. 감자나 옥수수를 키우는 것이 고작입니다.

티베트의 동쪽에서 이주해 온 고산족 셰르파들의 사회는 지금, 남자들의 수가 매우 적습니다. 고된 노동에 조기 사망률도 높지만 대부분 히말라야 등반 중 불의의 사고로 죽는 셰르파들이 많기 때문입니다. 그럴 수밖에 없는 것이 셰르파족들에게 히말라야 등반 시 받는 금액이 다른 어떤 일들보다 고수익이어서 가족들을 먹여 살리는데 큰 도움이 되기 때문입니다.

가족들을 위해 죽음을 무릅쓰고 산악인들을 도우며 히말라야를 오르는 셰르파들. 그들의 영광, 그들의 알려지지 않은 트로피야말로 이 세상 어느 것보다 더 고귀하고 빛나는 것입니다.

오늘도 전세계 수많은 산악인들과 함께 산을 오르는 셰르파들이 있습니다. 히말라야는 바로 그들의 것입니다.

삶에서의 세 가지 자세

나는 오직 산만 올랐습니다. 그것도 인간의 한계로는 극복하기 힘들다는 죽음의 지대로 향하는 8000미터급의 산을 수십 번 올랐습니다. 죽을 각오로, 죽음을 무릅쓰고, 죽음과 더불어…. 그리고 죽을 것만 같았습니다.

그렇게 오래 산을 오르고 어느덧 쉰을 바라보는 나이가 되다 보니 어떤 깨달음 같은 것이 오기 시작했습니다.

몇 십 년 동안 좁은 구둣방에서 평생을 일해 온 노인이 구두만으로 그 사람의 성격과 삶과 세상을 꿰뚫어보는 눈이 생겼다는 이야기가 있습니다. 그처럼 나도 산을 통해서 이 세상을 이해하고 바라보다 보니 나아가야 할 방향과 눈이 생긴 것 같습니다.

가장 먼저, 산을 오르는 일만큼이나 이 도시의 빌딩을 오르는 것도 쉽지 않다는 것입니다. 하나의 기업을 살리고 정상 궤도에 올려놓는 것 또한 산을 등정하는 것과 마찬가지입니다. 도시의 높은 빌딩이나 기업만이 아닙니다. 공부를 하는 일, 돈을 버는 일, 사랑을 하는 일 등, 인간사 모든 것이 산을 오르는 것과 다를 바 없습니다.

산을 오를 때 가장 중요한 세 가지가 있습니다.

첫 번째가 팀워크입니다. 자신의 장비는 물론이고 서로의 장비 점검에서부터 마음까지 읽고 챙겨 주는 완벽한 팀워크가 필요합니다. 산을 오르다 보면 어느 지점쯤에서 하나의 로프에 의지한 채 절벽에 대원들이 매달려 있을 수도 있습니다. 여기서 팀워크가 맞지 않으면 어떻게 되겠습니까. 가장 절박한 위기가 닥쳤을 때 적절한 팀워크가 그 팀을 살리게 되는 것입니다.

두 번째는 정신력입니다. 죽을 각오를 하고 일하는 사람들은 결국 죽지 않고 살아남습니다. 절실한 마음, 이루어 내야겠다는 간절한 마음이 그 사람을 성장하게 합니다. 그 의지와 투지가 성공을 이끌어 내는 데 밑거름이 되는 것입니다.

세 번째는 겸허함입니다. 이루어 내야겠다는 정신력은 좋으나 그것이 욕심이 되면 안 됩니다. 불가능한 상황에서는 포기할 줄도 알아야 합니다. 나 또한 정상을 눈앞에 두고 몇 번씩이나 포기하고 산을 내려온 적이 있습니다.

'여기까지 오기 위해 얼마나 많은 시간과 노력과 비용을 들였는데 포기한단 말인가. 안 돼, 무조건 올라야 해.'

상황이 좋지 않음에도 올라야 한다는 욕심 때문에 차후를 기약하는 일을 그르쳐서는 안 된다는 것입니다. 조금 늦더라도 아니 많이 늦게 되더라도 포기할 줄 알아야 합니다. 천천히, 느리게 가는 미덕을 가져야 합니다. 그것이 바로 판단력이며, 그 판단력은 욕심을 버린 겸허한 마음에서 비로소 나오게 되는 것입니다.

이 세 가지 원칙은 기업에도 그대로 적용됩니다. 우리 모두가 힘을 합쳐 어떤 일을 꼭 해내야겠다는 의지와 투지, 그리고 정신력이 있다면 안 될 일이 없습니다.

특히 회사의 상사나 최고경영자는 무엇보다도 이 세 번째가 가장 필요합니다. 아무리 팀워크와 정신력이 있다 해도 상황에 따라, 혹은 시기에 따라 성공할 수 없는 일들도 있습니다. 오직 목표 달성이라는 무모한 욕심 때문에 일을 무턱대고 밀고 나가다간 자칫 그동안 쌓아왔던 팀워크와 정신력이 한순간에 허물어질 수도 있기 때문입니다. 모든 것을 잃을 수도 있을 것입니다. 한발 뒤로 물러설 줄도, 적절한 시기를 기다리며 다음을 기약할 줄도 아는 겸허함이 있어야 합니다. 따라서 회사의 상사나 최고경영자의 역할은 엄청나게 중요합니다.

내가 정상에 오르기까지 수많은 대원 셰르파들이 나의 곁에서 도움을 주었던 것처럼 누구에게나 현재의 자신이 서 있기까지 도움을 준 지인들이 있을 것입니다. 어떤 위대한 업적을 이루어 낸 사람도, 그 어떤 영웅도, 정치가도, 기업가도, 운동선수도, 곁에는 그들을 빛내 주는 누군가가 있었을 것입니다.

산과 나를 꿰뚫어보는 눈이 생겼다. 8000미터는 인간의 정신력만으로는 오르기 힘든 높이였다. 혼자가 아닌 동료와 함께 천천히 오르고 또 올라야 했다.

「라디오스타」라는 영화가 있었지요. 영화관에서는 보지 못했고 얼마 전 TV에서 방송하는 것을 잠깐 본 적이 있습니다. 그 영화에 이런 대사가 나오지요.

"스스로 빛나는 별은 없다."

그렇습니다. 누군가가 위에서, 밑에서, 곁에서 자신을 끊임없이 비춰 주기 때문에 빛나는 것입니다. 이 세상에 혼자서 이뤄 낼 수 있는 일은 아무것도 없습니다. 동료들과의 팀워크가 아니어도 우리를 뒷바라지해 준 어머니, 아내, 혹은 스승이 있을 것입니다. 그들을 잊으면 안 됩니다.

팀워크, 정신력, 겸허함. 이 세 가지는 자신이 마음을 닦고 수련하는 데도 꼭 필요한 것입니다.

'내가 남을 얼마나 배려하며 살고 있는가' 하는 마음가짐이 팀워크를 만듭니다. 자신만이 앞서 나가고 잘난 척한다면 다른 사람들은 도움의 손길을 주려 하지 않습니다. 곧 어떤 위기 상황에 닥쳤을 때 그 마음이 결국 실패를 불러들입니다.

정신력이란 자기 자신과의 싸움입니다. 자신의 내면과의 싸움에서 지면 밖에서의 싸움 역시 패배로 이어질 것이 불 보듯 빤한 일입니다. 육체적으로, 그리고 정신적으로 두렵고 힘들지만 그것을 이겨내는 투지와 정신력을 기르는 것이 중요합니다. 그리하여 자신을 극복하고 목표한 바를 이룬 후에도 교만하지 않고 자만하지 않는 것,

익은 벼가 고개를 숙이듯이 겸허한 마음을 갖는 것이 바로 강인한 정신력입니다.

이 세 가지야말로 어느 곳에서나 꼭 필요한 인생의 지침이자 자세일 것입니다.

두 개의 봉우리를 더 오르다

히말라야에는 8000미터의 주봉이 모두 열네 개가 있습니다. 그런데 나는 두 개의 위성봉인 얄룽캉8505미터과 로체샤르8400미터까지 포함해 모두 열여섯 개의 봉을 올랐습니다. 일반적으로 8000미터를 말한다면 14개 좌를 일컫습니다. 히말라야 8000미터 14좌를 처음으로 모두 완등한 사람이 라인홀트 매스너고요.

나 역시 1988년 에베레스트8848미터 등정을 시작해, 2000년 7월 31일 K2 8611미터를 마지막으로, 세계에서는 여덟 번째, 아시아에서는 처음으로 14좌 완등을 마쳤습니다. 14좌 완등을 마치고 나자, 나를 사랑하는 사람들은 이제 그만 산에 오르라고 말했습니다. 나이도 들었지만 내가 위험 속으로 들어갈 때마다 마음을 졸이는 것이 싫었나 봅니다.

그러나 나는 세계에서 가장 높은 산이 열네 개든 열여섯 개든 상관이 없었습니다. 처음에는 몇 개의 산을 등정하고 나도 14좌를 모두 완등하고 싶다는 생각을 했지만, 어느 정도 히말라야를 오르다 보니 그것은 그리 중요한 일이 아니었습니다. 삶이 여기에 있는 한 우리가 죽을 때까지 최선을 다해 살아야 하는 것처럼, 나도 산이 그곳에 있는 한 최선을 다해 산을 오르고, 산과 함께 살며, 산의 정신을 전파해야겠다는 생각을 했죠.

얄룽캉과 로체샤르 두 개의 봉우리를 더 도전하기로 마음먹었습니다. 몇 달에 걸쳐 대원들과 함께 8000미터 거대한 산봉우리를 오르다 보면 '인생만사 새옹지마'라는 말이 떠오릅니다. 우리가 인생을 살아갈 때 겪는 시련, 위험, 극복, 행복, 감격, 우정들은 산속에서도 모두 경험할 수 있습니다.

문득, 8000미터를 올라갔다 내려올 때면 한평생의 인생을 살아 낸 것 같은 생각이 들 때가 있습니다. 그러고 보면 열여섯 개의 산을 오른 나는 어쩌면 열여섯 번째의 전생을 살며 거듭하여 환생한 것이나 다름없는 행운아라는 생각도 듭니다. 비약이긴 하지만 아무튼 산은 그만큼 우여곡절의 인생과도 같습니다. 그것도 높고 험한 인생 말입니다.

'위에서 본 것에 대한 기억을 가슴에 안고 아래에서 살아가는 것이야말로 가장 아름다운 등산의 예술'이라고 프랑스의 산악인이자 문학가인 르네 뒤말은 말했습니다. 그렇지만 나는 아래에서 높은 경지를 갈망하면서 사는 것이야말로 인간이 살아가는 이유라고 생각합니다. 좀더 높은 정신과 영혼을 지향하며 삶이 힘들고 어렵더라도 그것을 극복하고 스스로 높은 경지에 서야 합니다. 그리하여 다음 생에도 더 맑고 높은 영혼으로 태어나는 것입니다. 그래서 산은 일종의 정신이자 수행이자 순례라고 생각합니다.

15좌를 오를 때도 시련이 있었습니다. 캠프3 7300미터에서 강풍이 심해져 꼼짝달싹할 수가 없었습니다. 1평짜리 텐트에서 대원 세 명과 4일을 버텼습니다. 연료와 식량도 떨어졌습니다. 단 1초도 쉬지 않고 사흘 동안 불어 닥친 강풍이 귀를 찢는 듯했습니다. 그것은 바람이 아니라 악마의 목소리 같았습니다. 잠도 오지 않았습니다. 엄청난 시련이었습니다. 그럼에도 불구하고 그동안의 경험이 나로 하여금 자신감을 주었습니다. 문득 할 수 있다는, 오를 수 있다는 판단이 섰습니다. 바람이 잦아들면서 우리는 물 한 모금 먹지 않은 열 시간의 사투 끝에 정상에 오를 수 있었습니다.

그렇게 15좌 등정에 성공하고 나는 또다시 대원들을 구성해서 2007년 3월 8일 발대식을 갖고, 3월 17일 네팔 카트만두로 향했습니다. 그때의 등반은 규모며 인원, 짐 등을 포함해 이제껏 등반 중 최대 규모였습니다. 세계 최초 16좌를 오른다는 의미도 있었지만 고상돈 대원이 에베레스트를 처음 등정한 지 30주년 기념이 되는 해이기도 했습니다.

에베레스트 동쪽에 있는 세계 네 번째 봉우리 로체 8516미터의 위성봉인 로체샤르 남벽 쪽으로는 세계적으로 단 한 팀만이 성공했을 만큼 난공불락의 벽이며, 8000미터가 넘으면서도 흔히 8000미터 이상의 고봉을 의미하는 14좌에는 들지 못하고 있습니다. 그러나 14좌 완등 이후 독립봉으로 구분되면서 그 가치를 인정받아 2004년에 내가 오른 얄룽캉과 함께 16좌로 일컬어지기도 합니다.

로체에서 동쪽으로 1킬로미터 떨어진 곳에 자리 잡은 로체샤르는 산세가 험하고, 거대한 암벽이 3000미터나 이어져 난이도가 높은 코스로 꼽힙니다. 29일 해발 8150미터 마지막 캠프4에 텐트 2동을 설치하고, 정상으로 올라가기를 기다렸습니다. 만감이 교차하는 순간이었죠.

2003년 10월 5일. 정상을 불과 150여 미터 앞둔 8250미터 지점이었습니다. 갑작스런 눈사태가 우리 일행 중 선두에 선 두 명의 대원을 덮친 것입니다. 그야말로 눈 깜짝할 새였습니다. 80도에 가까운 경사면에 매달려 있던 나는, 정신을 가다듬고 앞서 가던 두 사람의 이름을 불렀습니다.

"주훈아, 선덕아! 주훈아, 선덕아!"

아무리 애타게 외쳐 봐도 거친 바람소리만 들릴 뿐, 그들의 대답은 들려오지 않았습니다. 엄청난 양의 눈에 휩쓸려 그 두 사람이 사라진 것입니다. 할 말을 잊은 채 찢어지는 가슴을 안고 나는 다시 등정을 포기할 수밖에 없었습니다. 지금도 그때를 생각하면 마음이 너무도 무거워집니다. 뼈에 사무치도록 그리운 그들의 모습이 떠오릅니다.

무서웠다. 두려웠다. 동료들 대신 나를 데려가라고 산신을 향해 원망도 했었다. 하지만 산은 말이 없었다.

당시 황선덕 대원은 20대 중반의 미혼이었으며, 박주훈 대원은 30대 중반의 아내와 두 아이가 있는 가장이었습니다. 그들의 시신이라도 가족들에게 전해 주고 싶었지만 어느 지점에 그들이 묻혀 있는지도 알 수 없었고, 그곳으로의 접근도 불가능한 상태였습니다. 베이스캠프로 하산한 후 이틀 뒤 위령제를 지냈고, 다시 5일 뒤 카트만두에서 천도제를 지냈습니다.

그 후 나는 다시 로체샤르에 도전하는 것을 한동안 접을 수밖에 없었습니다. 그리고 2006년 3월 16일. 로체샤르로의 세 번째 도전을 위해 출발했습니다. 70일간의 기나긴 사투 끝에 또다시 8200미터 지점까지 올랐습니다. 나는 그곳에서 문득 걸음을 멈추고 대기했습니다. 더 올라갈 경우 눈사태의 위험이 있다는 것을 짐작했습니다. 한동안 나는 눈 위에 앉아 망설였습니다. 대장인 내가 그곳에서 더 올라갈 것인지 아니면 하산할 것인지, 최종적인 결정을 내려야 할 상황이었습니다. 결국 하산을 결정하고 발길을 돌려야만 했습니다.

눈으로 덮인 경사가 심한 앞길을 보는 순간, 로체샤르의 신이 나를 받아 주지 않는다는 직감이 들었습니다. 엄청난 눈사태가 일어나는 장면이 눈앞에 번뜩였습니다. 박주훈과 황선덕이 안 된다고 이야기하는 것 같았습니다. 나를 막아서는 듯했습니다.

돌아서는 발걸음 속에서 계속 그들이 생각났습니다. 어째서 그들이 죽었고, 내가 살아 있는 것인지 알 수 없었습니다. 눈물이 흘렀습니다. 로체샤르 어딘가에 잠들어 있을 그들이 춥지는 않을지, 외롭거나 고통스럽지는 않을지 걱정이 되었습니다.

30일. 변성호, 모상현, 우성호 대원이 캠프4에서 정상으로 가는 루트를 개척했습니다. 거의 수직에 가까운 절벽을 앞발로 찍어 빙벽에 차 넣으면서 3일간을 그렇게 올랐습니다. 그리고 캠프4에서 하룻밤을 자고 다음 날 31일 나와 변상호, 모상현 대원, 세르파 두 명과 함께 정상을 향했습니다.

오후 한 시. 마침내 3000미터의 수직 빙벽 구간을 넘어 정상의 능선 부분에 올랐습니다. 초속 45미터의 바람이 불어 체감온도는 영하 40도로 떨어졌습니다. 아무도 없는 산, 오직 거친 바람과 강추위만이 몰아치는 산에서 나는 다른 그 무엇이 있을 것이라는 생각을 했습니다. 신의 영역이 그렇게 바람과 추위만 존재하는 곳은 아닐 것이라는 생각 말입니다.

세찬 바람과 추위 속에서도 우뚝 서 있는 어떤 명징한 정신, 그것을 가끔 느낄 때가 있습니다. 그러다가도 때로 그것들은 사람의 오감으로는 도저히 느낄 수 없는 것이라는 생각도 듭니다.

산소마스크를 착용하고 열세 시간의 악투 끝에 드디어 로체샤르 정상에 올랐습니다. 그러나 정상에 오른 기쁨도 잠시, 16좌를 오르는 산에서도 어김없이 시련이 찾아왔습니다. 변상호 대원에게 설맹이 온 것입니다.

어떻게 두고 내려갑니까. 셰르파 한 명과 모상현 대원 둘이 앞에서

로프를 잡아 주며 끌고, 나는 뒤에서 그들에게 사인을 해 주었습니다. 바람이 심한 추위 속에 날은 어두워졌고 그대로 정말 죽을 것만 같았습니다. 캠프4까지 내려오는 데 열 시간이나 걸렸습니다. 기적을 넘어선 삶과 죽음의 사투였습니다.

그렇게 8000미터 산봉우리를 오르던 기억들을 글로써 혹은 강연으로써 되뇌며 말하다 보면 소름끼치도록 위험하고 절박했던 그때의 상황들이 그대로 그려져 식은땀이 나곤 합니다.

'아! 내가 그곳을 어떻게 올랐을까.'

그들, 바로 설맹에 걸리면서도 삶을 포기하지 않은 그들이 있었기 때문입니다.

열여섯 개의 봉우리를 오르내리면서 나는 그 높이보다 더 높이, 오래 기려야 할 열 명의 동료들을 잃었습니다. 그리고 그 높이만큼 든든하고 소중한 산악인 선후배와 동료들도 만났습니다. 그들이야말로 나의 진정한 16봉우리입니다.

나는 그들과 함께 또 다른 봉우리를 오르려고 합니다. 이 세상에 어렵고 힘들지만 꿈과 희망을 잃지 않는 이들의 마음봉우리를 오르며 내가 배운 도전정신을 전해 주고 싶습니다.

왜 산을 오르느냐고 묻지 마십시오. 그것은 정복하기 위해서도 아니고, 영웅이 되기 위해서도 아닙니다. 두려움과 처절한 고독감을 통해 히말라야가 주는 경지와 정신을 배워 그것을 사람들에게 되돌려

주고 싶은 마음 때문입니다. 살아 있는 한 나는 계속 산을 오를 것입니다. 그곳에 나의 동료들이 있기 때문입니다.

물처럼 맑은 영혼과

불처럼 뜨거운 가슴으로

이 세상에서 잠시

바람처럼 머물고 간 사람

故 박주훈 대원의 추모비에 적힌 글귀

히말라야의 새해

1월은 저 높은 8000미터 히말라야와도 같습니다. 아무리 오르고 올라도 알 수 없는 히말라야는 언제나 미지의 새날입니다. 홀로 우뚝 선 1월처럼 이제 다시 시작입니다. 새해가 되면 내 마음 속에 히말라야, 그 커다란 산이 떠오르곤 합니다.

'오르고 싶다! 아, 오르고 싶다!'라는 열망과 함께 도시에서 나이 들어가는 나의 삶이 어느새 새로 시작하는 청년처럼, 청년의 사랑처럼 두근거리고 뜨거워집니다.

그때마다 나는 히말라야를 떠올리며 사무엘 울만의 「청춘」이라는 시를 마음으로 낭송합니다.

청춘이란

인생의 어느 기간을 말하는 것이 아니라

마음의 상태를 말한다.

장미빛 뺨,

앵두 같은 입술,

하늘거리는 자태가 아니라,

강인한 의지,

풍부한 상상력,

불타는 열정을 말한다.

청춘이란

인생의 깊은 샘물에서 오는 신선한 정신,

유약함을 물리치는 용기,

안이함을 뿌리치는

모험심을 의미한다….

그러다 보면 나의 마음은 어느새 다시 도전과 모험심으로 가득 차오르고 마음속의 히말라야는 내가 올라야 할 또 다른 새날의 길을 열어 줍니다.

그렇습니다. 이상을 잃어 버릴 때 비로소 우리는 늙는 것입니다. 아무리 젊고 탄력이 있는 피부를 지녔더라도 그것은 단지 외모에 지나지 않습니다. 이상이 없으면 사랑이 없고 자신에 대한 시작과 도전이 없다면 늙은 것입니다. 타성에 젖어 사는 것입니다.

인디언들은 달력을 만들 때 주위 풍경의 변화나 마음의 움직임을 주제로 그 달의 이름을 정했다고 합니다. 그들이 부르는 1월은 부족마다 다르지만 여러 가지가 있었습니다. 마음 깊은 곳에 머무는 달, 추워서 견딜 수 없는 달, 눈이 천막 안에 휘몰아치는 달, 나뭇가지가 눈송이에 똑똑 부러지는 달, 얼음 얼어 반짝이는 달, 바람 부는 달…. 히말라야에서 새해를 맞다 보면 그들이 왜 1월을 그렇게 불렀는지 충분히 이해할 수 있습니다.

새해를 히말라야에서 맞이하는 사람들이 많이 있습니다. 마치 우리가 새해가 되면 해맞이를 하러 정동진이나 동해 쪽으로 가는 것처럼 하얗게 만년설이 덮인 히말라야에서 새해를 맞이하는 사람들의 마음 한 구석에는 대부분 보다 높고 강인한 정신으로 살고 싶은 열망이 담겨 있습니다.

히말라야는 산악인들처럼 높은 봉우리를 오르는 곳만이 아닙니다. 높은 산의 정신과 정기를 받으려고 그 앞에 섰다가 가는 사람들도 많습니다. 네팔 제2의 도시인 '포카라'는 히말라야 안나푸르나8091미터 산군을 트레킹하려는 대부분의 여행자가 출발하는 곳입니다. 트레킹 코스이기 때문에 일반인들도 많이 걷습니다. 아주머니에서부터 은퇴한 부부, 또 어린아이를 등짐에 지고 오르는 외국인들도 있습니다.

10일에서 15일 정도 트레킹을 오는 사람들도 많습니다. 걷다 보면

나마스떼!
마치 잔잔한 호수처럼 산은 말이 없었다. 가끔 구름이 지나가고 바람이 불고 산사태가 일어날 뿐, 히말라야는 말이 없었다.

매일 산의 모습이 다르고 구름의 모습도 다릅니다. 안나푸르나의 설산들이 분홍색으로 보이기도 하고, 새벽이면 보라색 안개가 덮이기도 합니다. 그곳에 와서 새해를 맞으며 트레킹을 하는 사람들을 보면 참 아름답습니다. 그들은 1월이, 새해라는 것이, 비단 한 해를 시작하고 산을 올라야 하는 것만이 아니라는 것을 알고 있는 사람들인 것 같습니다.

'나마스떼'라는 인사말이 있습니다. 인도에서 주로 사용하는 인사말이지만 네팔과 티베트에서도 사용합니다. '당신께 귀의한다'는 뜻을 가진 인사말이죠.

산을 오르다 보면 가끔 사람들은 손을 모으고 지나가는 사람에게 "나마스떼"라며 인사를 합니다. 당신께 귀의합니다. 당신께 돌아간다는 것, 즉 들어간다는 것이죠. 얼마나 좋은 말입니까. 그들은 산을 오르는 것이 아니라 산에 귀의하는 것입니다. 시작하는 새해에 오르는 것이 아니라 들어가는 것입니다. 어우러지는 것이지요.

귀의한다는 것. 그런 간절한 마음이 있어야 산도 비로소 길을 연다는 것을 나는 오랜 산행을 통해서 깨달았습니다. 상대의 마음속으로 들어간다는 것은 그만큼 그를 이해한다는 것입니다. 겸허하다는 것입니다. 그러면 사람만이 아닌 산도 마음을 여는 것이지요.

새해를 다시 처음으로 돌아가는 것으로 시작하는 히말라야의 사람들. 그곳에서 나도 새해를 맞이한 적이 있습니다. 빈혈이 일어날 만큼 파랗게 펼쳐진 하늘, 마치 전생의 잊었던 기억이라도 되살아날 만큼 쨍하고 명징한 추위, 설산에 우뚝 서서 나와 함께 히말라야를 올랐던 대원들과 셰르파들, 그리고 이 세상을 위해 기도를 한 적이 있습니다.

'처음부터 끝까지 모두에게 새날이게 하소서!'

사실 이 세상은 언제나 새날입니다. 히말라야의 파란 하늘처럼 그 누구나의 마음속에도 늘 변하지 않는 푸르름이 있습니다. 그곳으로 가끔 구름이 지나가고 바람이 불고 산사태가 일어날 뿐입니다. 산을 내려오다가 문득 조선조 말 깨달음을 얻었다는 학명선사의 글이 떠올랐습니다.

묵은해니 새해니 분별하지 말게.

겨울 가고 봄이 오니 해 바뀐 듯하지만

보게나, 저 하늘이 달라졌는가.

우리가 어리석어 꿈 속에 사네.

자신감

산악인들이 나에게 붙여 준 별명이 탱크입니다. 아마도 산을 오를 때 탱크처럼 밀고 나간다고 해서 그런 별명을 붙였나 봅니다. 그러나 나는 탱크처럼 육중하게 밀어붙이지도 않으며, 키도 그다지 크지 않습니다. 전혀 탱크를 닮지 않았고 크지도 않은데 사람들은 왜 나에게 탱크라는 별명을 붙였을까요. 나는 그것을 자신감으로 받아들이고 싶습니다.

탱크를 한 번 보세요. 절대로 후퇴하지 않고 천천히 때로 비틀거리면서도 밀어붙이는 힘. 얼마나 자신감이 있어 보입니까. 그 탱크가 가진 이미지에서 나도 자신감을 보곤 합니다. 자신감은 스스로 해낼 수 있다는 느낌입니다. 중요한 것은 스스로 해낼 수 있다는 느낌을 많이 갖는 사람과 잘 안될 것 같다는 사람의 차이가 엄청나다는 것입니다.

갑이라는 사람과 을이라는 두 사람이 있었습니다. 갑이라는 사람은 좋은 대학을 나왔고 집안이나 경제적으로나 풍족한 사람이었습니다. 반면에 을이라는 사람은 학벌도 그리 좋지 않고, 가난하고, 또한 작고 못생겼습니다. 둘은 절친한 고교 동창이었습니다. 대학을 졸업하면서 둘 다 광고 회사에 취직을 하게 되었습니다.

처음 프레젠테이션을 준비하는 데 갑이라는 친구가 맡은 광고주는 제약 회사였고, 을이라는 친구가 맡은 광고주는 구두 회사였습니다. 을은 살면서 처음 접해 본 구두에 관한 공부를 했습니다. 자료를 찾고 경쟁사를 분석하고, 낯설지만 '한 번 부딪히면서 배우는 거야!'라는 생각을 하니 프레젠테이션이 설레고 기대되었습니다.

그런데 갑은 처음 접하는 제약 회사 광고 프레젠테이션에 겁이 났습니다. 모르는 약 이름도 많고 그 과정도 너무나 생소한 일이었습니다. '공부를 더 하고 들어올 걸 그랬구나!' 갑은 생각했습니다. 그리고 '수많은 광고주들로부터 언제 떨어질지 모르는 다양한 프로젝트를 소화하려면 건축, 제약, 구두, 과자, 의류, 전자제품, 유리, 공예, 화학, 음료 등 이 세상 모든 것에 대해 다방면 공부하고 알아야 하는구나'라고 생각하니 멋있게만 보였던 광고 회사가 두려웠습니다.

결국 갑이 속한 팀은 프레젠테이션을 망쳤고, 을이 속한 팀은 광고주로부터 오케이 승인을 받았습니다. 그렇게 2년 동안 갑은 힘들게 광고 회사를 다니다가 그만두었고, 을은 지금 유명한 광고인이 되었습니다.

처음부터 모든 것을 다 알고 시작할 수는 없습니다. 모든 것을 다 알고 공부를 시작한다 해도 이론과 실전은 다른 것입니다. 현장에서 몸으로 부딪히며 배워 나가야 하는 것이지요. 그것이 경력입니다.

자신감이란 어떤 일을 시작하는 데 있어서 매우 중요한 마음가짐입니다. 힘을 모아 최선을 다해 부딪혀도 잘 될까 말까 하는 일에 시작 전부터 자신감이 없고 부정적인 것들을 먼저 생각하면 분명 실패하고 맙니다.

내가 처음 에베레스트8848미터를 도전했던 스물다섯 살 때는 그야말로 자신감으로 넘쳐 있었습니다. 자신감만 넘친 무모한 도전이기도 했지요. 에베레스트를 등반하는 대원들이 나를 비롯해 모두 히말라야 등반 경험이 한 번도 없는 사람들이었으니까요.

주변 사람들이 비웃었습니다. "과연 너희들이 히말라야에서 가장 높은 에베레스트를 등정할 수 있겠냐!"라고 말입니다. 그러나 우리들의 자신감은 히말라야를 올랐습니다. 그리고 실패했습니다. 다시 할 수 있다는 자신감에 1년 후에 한 번 더 에베레스트에 도전했지만 또 실패했습니다. 두 번째 등정에서는 함께한 셰르파의 죽음도 보았습니다. 무섭고 두려웠습니다.

로자베스 모스 캔터의 책에 이런 말이 있습니다.

"실패를 하거나 문제가 생기는 것은 그리 나쁜 일이 아니다. 위기에 대처하는 것은 성공 주기를 방해하는 대신 오히려 가속화할 수 있다. 과거에 문제를 성공적으로 해결한 사람들은 새로운 위협이 닥쳐도 위기감을 덜 느낀다. 리더의 잠재력을 가진 사람들은 위기 극복에 성공하거나 역경을 무사히 극복했을 때 더 강해질 수 있다."

최근에 읽은 책입니다. 하지만 당시에는 이 책이 없었습니다. 그럼에도 불구하고 내 마음속에 그런 생각이 들었습니다.

'한 번 오르고 그만둘 산이 아니다. 오히려 실패는 성공의 어머니다. 얼마나 많이 실패하느냐에 따라 어떤 상황에서도 대처할 수 있고, 역경을 딛고 일어날 수도 있다.'

만약 내가 두 번째 도전의 실패에 자신감을 잃었다면 아마도 두려워서 산을 오르지 못했을지도 모릅니다. 그러나 한창 나이인 그때 내게 자신감은 그 두 번째 도전의 두려움을 물리쳤습니다.

산을 오르다 보면 회사에서 어떤 프로젝트가 떨어질지 모르는 것처럼 갑자기 어느 순간, 예기치 못한 상황이 벌어질 때가 너무도 많습니다. 빙하와 빙하 사이 갈라진 천 길 낭떠러지 크레바스가 불쑥 나타날 때도 있고, 눈사태가 날 수도 있습니다. 그리고 강풍이 불 수도 있고, 낙석과 낙빙이 떨어질 때도 있으며, 앞이 완전히 막혀 버린 절벽을 만날 때도 있습니다. 그런 수많은 위험들에 대처하려면 산을 몸으로 이해하고 몸으로 실패해 보아야 합니다.

자신감!

그것이야말로 절대로 필요한 것입니다. 할 수 있다는 느낌! 강렬하

난 사람이다. 자연의 거대함이 나를 위협하는 순간에도 살아야겠다는 생각 이외에는 아무것도 할 수 없었다. 온전히 정신이 곧추서며 날카로워지는 그때에도 난, 그 위험을 딛고 설 자신이 있었다.

게 원하면 이루어진다는 숙원과 기도. 어느 운동선수인들 그런 자신감이 없겠습니까.

오랫동안 산을 다니며 산이 비단 자연만은 아니라는 생각이 들었습니다. 그 속에 마음이 있고, 정신이 있고, 신도 있다는 확신을 하다 보니 마음에 관한 책들, 그리고 산악인으로서 정신을 훈련시켜 주고 편안하게 해 주는 책들을 많이 읽는 편입니다. 산을 오를 때도 꼭 책을 챙겨서 가니까요. 어느 책에서인가 자신감을 기르는 다섯 가지 방법을 읽었습니다.

첫째, 나에게는 훌륭한 인생을 구축할 능력이 있다. 그래서 나는 절대로 중도에서 포기하지 않는다.

둘째, 무엇이든지 내가 마음속으로 강렬히 원하는 것은 반드시 실현될 것이라고 확신한다. 그래서 매일 30분 이상씩 성취한 모습을 상상한다.

셋째, 나는 자기암시의 위대한 힘을 믿고 있다. 그래서 매일 10분간 정신을 통일하여 자신감을 기르기 위한 '자기암시'를 건다.

넷째, 나는 인생의 목표를 명확하게 종이에 쓴다. 다음은 한 걸음, 한 걸음 자신감을 가지고 전진해 간다.

다섯째, 정도正道에 따라 행동하지 않고는 부도, 지위도 결코 오래가지 않는다. 그래서 이기적이거나 비열한 방법으로는 성공하지 않는다.

절대로 후퇴할 수 없었다. 천천히 때로 비틀거리면서도 난 내 꿈을 향해 전진했다. 그곳에서 난 최선을 다할 뿐이었다.

이 다섯 가지를 나는 늘 상기합니다. 혹여 실패하더라도 중도에서 절대로 포기하지 않습니다. 강렬히 원하는 것은 분명히 실현될 것이기 때문에 마음속으로 그 순간을 그리며, 그것을 위해 한 걸음 한 걸음 노력하며 나아갑니다.

자신감을 가진 사람들의 생각이 대부분 그렇습니다. 그러나 여기서 간과하지 말아야 할 것은 오만과 자만입니다. 자신감이 너무 지나치면 오만해 지고 자만해 지기 쉽습니다. 진정한 자신감은 기다릴 줄도, 때로 물러설 줄도 알아야 하는 것입니다. 그 일에 있어서 지나친 욕심을 내거나 이기적이면 안 됩니다.

자신감도 연습입니다. 자신감을 길러 보세요.

가슴 뛰는 삶

산에 오르는 것이 내가 해야만 할 일, 내가 가장 하고 싶고, 또 가장 잘할 수 있는 일이었습니다. 하고 싶은 것과 해야만 하는 것이 일치하는 삶. 그러한 삶을 우리 모두가 추구해야 합니다.

경남 고성의 한 바닷가 마을에서 태어난 나는, 세 살 때 운명처럼 산과 만나게 되었습니다. 부모님께서 원도봉산 깊숙이 자리 잡은 집에서 등산객들을 상대로 장사를 하게 된 것입니다. 다른 아이들이 그 또래에 맞는 숨바꼭질이나 공차기 놀이를 하며 평지에서 뛰어놀 때, 나는 산을 벗하며 그곳을 놀이터로 삼았습니다.

학교에 다닐 때에는 아침저녁으로 수없이 원도봉산을 오르내렸습니다. 그래서 한줄기 빛도 없는 깜깜한 밤에 등불이 없어도 넘어지거나 돌에 차이지 않을 정도가 되었습니다.

다른 사람들은 평지에서 잘만 걸어 다니는데 나는 그들과는 달랐습니다. 평지에서 오래 걸어 다니면 몸이 왠지 허전하고 이상했습니다. 오히려 오르막길을 오르거나 산에서 거대한 바위를 넘고, 높은 곳으로 올라갈수록 몸에서 불끈불끈 힘이 솟아나곤 했습니다. 그로 인해 엄청나게 땀이 흐르고 체력이 소진되어도 기분은 그렇게 좋을 수가 없었습니다.

자기 자신을 냉철하게, 객관적으로 판단할 수 있어야 합니다. 자기 자신과의 끊임없는 대화가 필요한 것입니다. 스스로에게 물어보십시오. 무엇이 자기에게 맞고, 맞지 않는지. 그리고 어떤 일을 할 때 자신의 가슴이 뛰는지를…. 그 일을 할 때만이 인간은 삶의 보람을 찾고 행복을 느낄 수 있는 것입니다.

에드먼드 힐러리 경은 말했습니다.

"우리가 정복하는 것은 산이 아니라, 우리 자신이다."

진정으로 하고 싶고 이뤄야 할 일이 있다면, 먼저 자기 자신과의 싸움에서 이겨야 합니다. 어떠한 경우에도 좌절하거나 결코 포기해서는 안 됩니다.

혹, 지금 가난하거나 어려운 환경에 처해 있습니까? 그래도 좋습니다. 꿈을 향해 달려나간다면 반드시 길이 열릴 것입니다. 사방에서 도움의 손길이 나타날 것입니다. 자신이 진정 모든 것을 바쳐서 하고 싶은 일에 전력을 다해 나아가는 사람만큼 아름다운 인생은 없습니다. 그 이상 가치 있는 삶은 없습니다.

그러한 일을 통해 자신의 이상을 실현하는 것도 중요하지만, 자기 뒤에 오는 사람들을 위하는 것도 중요합니다. 그를 통해 어려운 처지에 놓인 사람들을 도우며, 보다 따뜻하고 아름다운 사회를 만들 수 있기 때문입니다.

힐러리 경이 존경을 받는 것은 그가 에베레스트8848미터의 초등자기 때문이기도 하지만, 그보다 자기 자신만을 위한 이기적인 삶을 살지 않았기 때문입니다. 그는 네팔 에베레스트 지역의 어려운 사람들을 도와주었으며, 어려운 환경에서도 공부하고 싶은 어린이들을 위해 학교를 세웠습니다. 또 열악한 의료 환경을 개선하기 위해 병원을 세우기까지 했습니다. 지금도 히말라야의 네팔 사람들에게 힐러리 경에 대해 물어보면, 그에 대해 안 좋게 이야기하는 사람이 없습니다.

나 역시 히말라야를 등정하고 세계의 고봉들에 오르는 일이 중요했지만, 희망 원정대 활동이나 여러 강연 활동도 그에 못지않게 중요했습니다. 희망 원정대를 통해서 장애인 친구들과 함께 네팔이나 아프리카, 킬리만자로와 같은 고봉에 오르고, 히말라야 8000미터 등정을 통해 네팔의 어려운 어린이들을 후원했던 일은 너무나 가슴 뿌듯하고 보람찬 일이었습니다. 또 많은 강연을 통해 자라나는 청소년들과 어려움에 처한 사람들에게 꿈과 희망을 전해 줄 수 있어서 행복했습니다.

스스로가 하고 싶고 또 가장 잘할 수 있는 일에 최선을 다하는 것만이 후회 없는 진정한 삶입니다. 또 그 일을 통해 어려운 사람들을 돕는 아름다운 사람이 될 수 있어야 합니다. 자신만 아는 이기적인 삶이 아니라 타인에게 희망과 웃음을 전해 주는 이타적인 삶을 살아야 합니다.

누구도 나에게 산에 오라고 하지 않았습니다. 바로 나 자신이 선택한 후회 없는, 가슴 뛰는 삶이었습니다.

만년설이여, 영원하라

히말라야 열여섯 개의 고봉들, 아프리카의 최고봉 킬리만자로5895미터, 남극 대륙 최고봉 빈슨매시프4897미터, 남아메리카 최고봉인 아콩카과6959미터…. 모두 내가 등정한 바 있는, 저마다의 특색을 가진 아름다운 산들입니다. 그 각각의 산들은 모두 다른 모습입니다.

하지만 공통적으로 그 산들을 더욱 아름답게, 또 눈부시도록 빛나게 만들어 주는 것이 바로 그곳의 만년설입니다. 신비로운 느낌을 줌과 동시에 그곳이 인간의 영역이 아닌 신의 영역임을 알려 주는 순백의 결정체들. 그러므로 자신을 낮추고 더욱 겸허해져야 한다는 것을 만년설은 이야기하는 듯합니다.

불행하게도 최근 그 정상 부근의 눈과 빙하들이 무서운 속도로 녹아내리고 있습니다. 하루가 다르게 고산들이 하얀 옷을 벗고 병들어 가는 것처럼 보이는, 검은 속살들을 그대로 드러냅니다. 지구 온난화의 영향이 가장 빠르게, 또 눈에 띄게 나타나는 곳이 바로 세계적인 고봉들의 만년설과 빙하들입니다.

80년대부터 나는 인도와 네팔, 그리고 파키스탄의 히말라야 지역에 다녔습니다. 산과 산 사이로 뚫린, 다소 위험한 길들을 수없이 걸어 다녔습니다. 항상 안전에 유의하면서도 시선은 저 높은 곳을 향해, 하늘과 맞닿아 있는 산꼭대기에 두곤 했습니다.

만년설을 바라보면 언제나 신비스러운 느낌을 가짐과 동시에, 한없이 작은, 그리고 산에 비교할 수 없을 정도로 짧은 인간의 생에 대한 덧없음을 느끼곤 했습니다. 그리고 그 짧은 삶 속에서 내가, 우리가 해야 할 일은 무엇인지 생각하곤 했습니다.

그런데 요즘 그곳을 다니면 그러한 생각들보다 걱정이 앞섭니다. 히말라야의 만년설이 녹아내리는 것이 육안으로 확인할 수 있을 정도가 된 것입니다. 수많은 세월 동안 눈이 쌓이고 또 쌓여서 형성된 히말라야의 빙하들, 만년설들. 그것들이 녹아내려서 자꾸만 거대한

어느 인디언의 교훈처럼 우리는 이 세상의 마지막 나무가 사라진 뒤에야, 마지막 강이 더럽혀진 뒤에야, 마지막 물고기가 사라진 뒤에야 깨닫게 될 것이다. 사람이 돈을 먹고살 수는 없다는 것을….

호수를 만들고 있는 것입니다. 또 시간이 흐를수록 그 호수들의 규모가 점점 커지고 있습니다. 너무나 위험한 일입니다. 호수의 물이 흘러넘쳐 홍수가 날 경우 그 밑에 살고 있는 사람들은 모두 비참한 죽음을 맞게 될 것입니다.

게다가 이상 기후 때문에 안 그래도 변화무쌍했던 히말라야의 날씨를 더욱 예측하기가 힘들어졌습니다. 날씨를 예측하는 것은 히말라야를 오르는 산악인들에겐 목숨이 달린 문제입니다. 눈이 전혀 내리지 않았던 계절에 이제는 폭설이 쏟아지곤 합니다. 기온이 턱없이 올라가는가 하면 말도 안 될 정도로 갑자기 떨어지기도 합니다. 또 예전과는 다른 거센 바람들이 돌연 나타났다가 사라지기도 합니다.

최근 세계자연보호기금에서는 히말라야 전체 빙하의 67프로가 녹아내리려는 움직임, 해빙을 발견할 수 있다는 보고서를 올렸습니다. 유엔환경계획에서는 지금의 속도대로라면 50년 안에 히말라야의 만년설이 완전히 사라질 것이라는 다소 충격적인 경고를 했습니다.

적도 부근에서는 유일하게 만년설을 머리에 이고 있는 킬리만자로. 세계에서 가장 큰 화산인 그 산의 정상 부근을 보면 더욱 심각하다는 것을 느낄 수 있습니다.

헤밍웨이가 70여 년 전 그곳에서 생활하면서 쓴 작품 『킬리만자로의 눈』. 그가 묘사한 것처럼 '눈부시도록 빛나는 하얀색'으로 가득해야 할 그곳이 온통 검은색으로 물들어 가고 있습니다. 한 연구 결과에 의하면 15년 안에 그나마 남아 있는 만년설도 모두 사라질 것이라고 합니다.

그곳 아프리카 케냐와 탄자니아 사람들 사이에 구전되어 내려오는 이야기가 있습니다. 킬리만자로 정상의 만년설이 모두 녹으면 다시 화산이 폭발할 것이라는 전설입니다. 그 후 세상이 온통 불바다로 뒤덮이고 지구가 멸망할 것이라는….

만약 그 이야기가 사실이라면, 너무도 두려운 일입니다. 경각심을 가져야 합니다. 지금처럼 화석연료를 소비하고, 나무들을 쓰러뜨리고, 오존층을 파괴해서는 안 됩니다. 저 만년설들이 더 녹아내리기 전에 사태의 심각성을 인식하고, 전세계가 하나 되어 대책을 마련해야 합니다.

아메리카 원주민들의 속담 중에 이런 말이 있습니다.

"우리는 자연을 후손들에게 물려주지 않는다. 다만 그들로부터 빌려 왔을 뿐이다."

항상 어머니 대자연과의 관계 속에서, 조화로운 삶을 추구해 온 그들의 지혜. 그것을 우리 또한 가슴에 깊이 새겨야 합니다. 이 아름다운 지구를 맑고 깨끗하게 보존해서, 우리의 다음 세대들에게 전해 줘야만 합니다. 그렇게 할 때만이 인류에게 무한히 밝은 미래가 지속되는 것입니다.

지구상의 어떠한 값진 보석보다도 더 귀하고 아름다운 만년설들.

언제까지나 그들이 지금 있는 그곳에 머물기를 바랍니다. 그것을 위해 우리 모두가 노력할 것을 촉구합니다. 당장 눈앞의 것만을 위해 환경을 파괴하려는 어리석은 눈빛이 아니라, 영원을 바라보는 깊고 푸른 눈을 갖기를 소망합니다. 지금도 늦지 않았습니다.

가장 높은 정신은 가장 추운 곳을 향하는 법

히말라야 죽음의 지대라고 불리는 8000미터에 이르다 보면 전세계 산악인의 시신들이 즐비합니다. 발표된 바에 의하면 200여구의 시체가 조금 넘는다는데 그것도 아마 정확치는 않을 것입니다. 정상을 오르다가 혹은 내려오다가 불의의 사고를 당하거나 탈진으로 쓰러져 죽은 그들. 그들은 왜 그토록 춥고, 높고, 위험한 곳에 죽음을 무릅쓰고 올라갔을까요.

그곳에 오르는 산악인들은 오직 명예로운 자신만의 정상을 갖기 위해, 탈환하기 위해 올라간게 아닐 것입니다. 아무도 밟지 않은 하얀 설산, 너무 눈부시고 하얘서 차라리 검은 고독, 그 영혼의 맑고도 투명한 순결성과 드높은 정신에 도달하기 위해 고통을 무릅쓰고 올랐을 것입니다. 그것은 8000미터를 올라 본 사람만이 압니다.

히말라야를 오르는 산악인들은 바로 그런 공간을 꿈꾸어 왔고, 마침내 정상이 아닌 정신의 정점에 우뚝 서는 것입니다. 그것이 얼마나 무섭고 두려운 일인지 나는 너무도 잘 압니다.

세계 최초로 14좌를 완등한 이탈리아의 산악인 라인홀트 매스너는 산을 오르기 전에 숙소에서 배낭을 정리하다가 공포와 두려움 때문에 울었다고 합니다. 히말라야에서 가장 높다는 에베레스트8848미터를 무산소로 등정하러 가는 날, 될 수 있으면 배낭에 최소한의 것만 넣으려고 하나씩 빼내고 버리면서 눈물을 흘린 그의 심정을 누가 알 수 있겠습니까.

'그러면서 왜 오르려고 하나?'

그렇게 말해 버릴 성질의 것이 아닙니다. 가장 높은 정신은 가장 추운 곳을 향한다는 것을 어떻게 이해하고, 어떻게 이해시켜 드릴 수 있겠습니까. 그러나 결코 산은 죽으려고 가는 것이 아닙니다. 목숨을 거는 한계 체험을 통해 자신의 본질을 깨닫는 것입니다. 거대한 8000미터 고봉을 오르며 죽음을 경험하고 높은 정신을 배우고 깨닫는다는 것. 여기 그 경지의 정신을 표현한 시가 있습니다. 이 시만이 높은 산을 오르는 그들의 심정을 이해시켜 줄 수 있을 것 같습니다.

겨울 산을 오르면서 나는 본다.
가장 높은 것들은 추운 곳에서
얼음처럼 빛나고,
얼어붙은 폭포의 단호한 침묵.

가장 높은 정신은
추운 곳에서 살아 움직이며
허옇게 얼어 터진 계곡과 계곡 사이
바위와 바위의 결빙을 노래한다.

만일 내 영혼이 천상天上의 누각을 꿈꾸어 왔다면
나는 신이 거주하는 저 천상天上의 일각一角을 그리워하리.
가장 높은 정신은 가장 추운 곳을 향하는 법.

조정권의 「산정묘지」라는 시의 일부입니다. 산을 오르며 자신과의 싸움을 통해 정신적인 극복을 성취해 가는 초인의 모습을 그린 이 시를 사서 가까운 산우들에게 나누어 준 적이 있습니다.

이 시는 말합니다.

'겨울은 강철로 된 무지갠가 보다.'

혹독하게 추운 겨울을 강철로 된 무지개로 표현하다니 그 정신의 드높은 경지와 자기 극복과 초월의 모습이 승화되어 보입니다.

8000미터의 산은 가 보지 않은 사람들은 상상할 수 없는 곳입니다. 절체절명의 순간들로 이어져 있죠. 아차 하는 순간 저기 쓰러져 있는 주검들처럼 8000미터에서 영원히 머물 수도 있습니다.

8000미터를 오르다가 쓰러져 있는 시신들을 봅니다. 작년에도 재작년에도 그리고 내년에도 그들은 그 자리에 있을 것입니다. 8000미

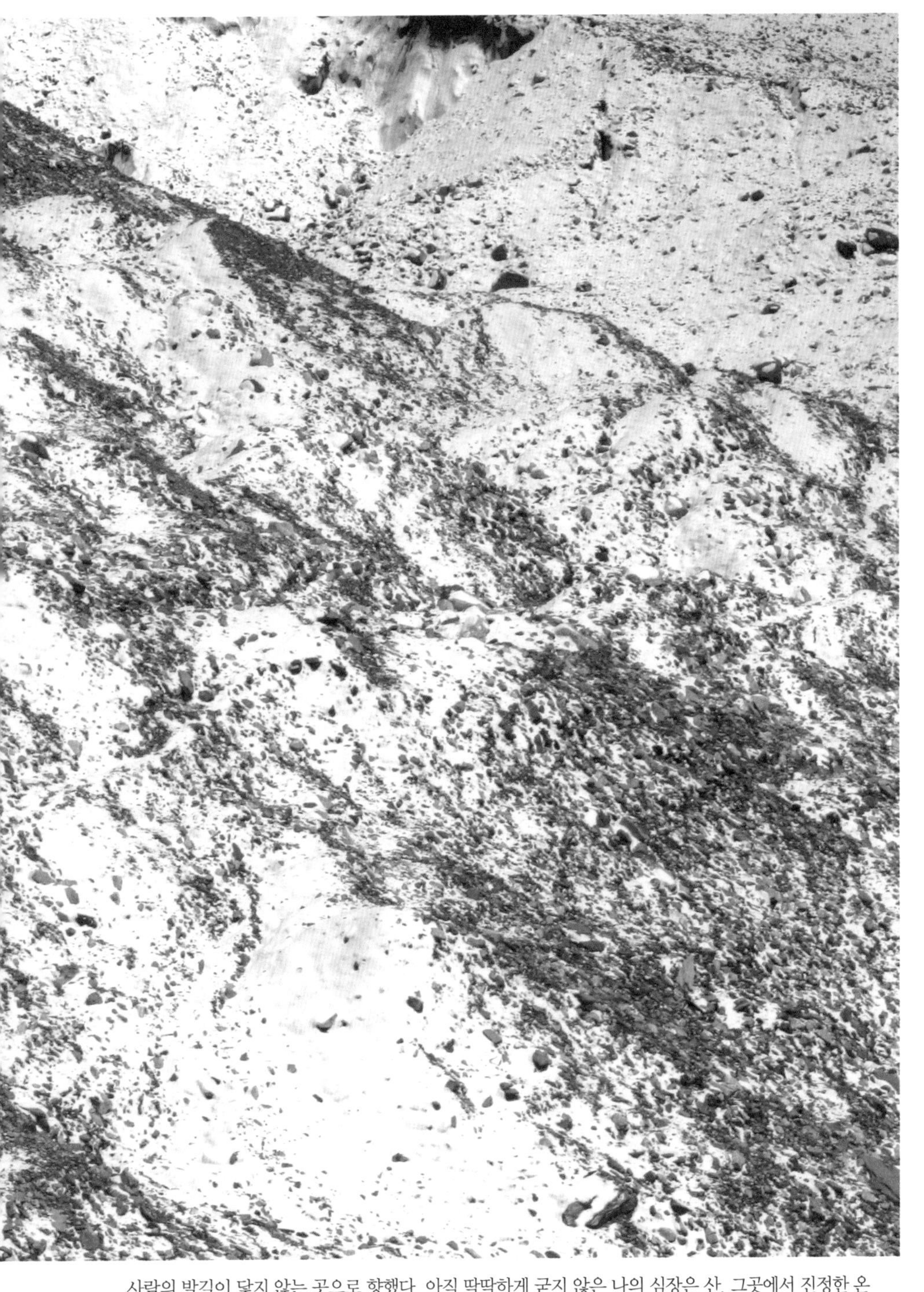

사람의 발길이 닿지 않는 곳으로 향했다. 아직 딱딱하게 굳지 않은 나의 심장은 산, 그곳에서 진정한 온기를 뿜어낼 수 있었다.

터 산정 높은 곳에서 쓰러져 있는 그들 위로 바람이 붑니다. 눈바람이 붑니다. 꽁꽁 얼어붙은 그들의 정신은 은탑처럼 빛납니다. 그들이야말로 이 세상에서 가장 높고, 높고, 높은 사람들입니다.

가장 높은 정신은 가장 추운 곳으로 향합니다. 전설의 새 봉황은 오동나무 아니면 깃을 내리지 않고, 죽순이 아니면 쪼지 않는다고 했습니다. 「킬리만자로의 표범」이라는 노래처럼 산기슭을 어슬렁거리는 하이에나가 아니라 산정 높이 올라가 굶어 죽는 표범이고 싶다는, 결국 그만큼의 드높은 정신을 말하는 것입니다.

지금 우리가 살아가는 이 도시의 높은 빌딩에도 정상은 있습니다. 그 정상을 어떻게 올랐습니까. 어떻게 오르고 있습니까. 빌딩에 오르기 전에 정상에 오르기 전에 먼저 정신이 드높아야 합니다. 정신이 맑고 투명해야 합니다. 그렇게 오른 빌딩은, 정상은 무너지지 않습니다.

잘 견디셨습니다

등반 일정이 잡히면 로프를 손에서 놓지 않습니다. 감았다 풀었다를 되풀이하는 시간들이 길어지죠. 자연의 거대함과 두려움을 모르는 사람들은 내가 왜 줄을 매만지는지 그 이유를 알 수 없을 것입니다.

로프는 제2의 생명줄입니다. 아마도 나 엄홍길의 다리와 눈과 귀가 되어 준, 그러면서 고산에서 살아남을 수 있도록 도와준 산신 다음 가는 존재일 것입니다.

사람이 얼어 죽는다는 것이 얼마나 혹독한 일인지 설산을 올라 보지 못한 분들은 상상도 못할 일일 것입니다. 눈과 하나가 된다는 것을 그저 "아름다운 일이구나, 산사람으로 산에서 그 마지막을 맞으니 정말 운이 좋은 사람이구나" 정도로 짐작할 지도 모르겠습니다. 하지만 산을 끊임없이 오르는 사람들도 산에서 죽고 싶은 생각은 없습니다. 아마도 살고 싶다는 간절함 그 이상의 마음일 겁니다.

로프는 모든 산악인들이 신성시 하는 장비 중 하나입니다. 산을 오르다가 로프가 끊어지는 일은 상상도 할 수 없는 일입니다. 또한 함께 산을 오르던 동료가 끝이 보이지 않는 낭떠러지로 추락해도 그 줄을 대신 잡아 줄 수 없다는 사실에 두렵기도 합니다.

언젠가 절친한 두 산악인의 이야기를 전해 들은 기억이 있습니다. 인간임에도 불구하고 거대한 자연의 위협 앞에서는 인간적일 수만은 없었던 얘기였습니다.

산악인들은 등반길에서 늘 깎아지른 듯한 직벽과 마주치게 됩니다. 그 두 산악인의 이야기는 산사람이라면 언젠가 한번쯤 겪고 지나칠 법한 상상이 가능한 사실이었습니다.

선두에 서서 정상으로 향하는 길을 개척하던 친구가 순간 발을 헛디뎌 끝이 보이지 않는 산 아래로 추락했습니다. 순간 암벽에 매달려 있던 다른 친구는 최대한 암벽에 몸을 밀착시켜 자신의 머리 위로 떨어지는 친구를 피했습니다. 자기만 살겠다는 생각에서 내린 판단이 아니었습니다. 바로 조금 전까지만 해도 생사를 함께할 둘도 없는 친구였지만 그 순간만큼은 떨어지는 친구의 모습이 낙빙처럼 느껴졌기 때문입니다. 그렇게 손만 뻗으면 닿았을 거리의 친구는 그대로 산 아래로 사라져 버렸습니다.

그 후 살아남은 친구는 한동안 산을 두려워했고 그래서 산을 기피했습니다. 추락하던 친구의 몸에서 일던 바람소리가 여전히 귓가에 들리는 것 같아, 자책하며 고통의 수렁 속에서 삶을 살아가야 했던 것입니다. 그렇게 몇 년의 시간을 산과 결별하고 살아갔습니다.

소름 돋는 이야기가 아닐 수 없습니다. 살아남은 자의 슬픔이라는 것이 그런 것일까. 잠시 말문이 막혀 옵니다.

그리고 살아남은 친구의 모습을 다시 산에서 보게 된 것은 5년이 훌쩍 지난 후라고 합니다. 그는 자원봉사자를 자처해 산에서 숙식을 하며 1년 365일 자신의 텐트가 집인 양, 산의 품에서 지내게 되었다고 합니다. 산의 조난자들을 구하는 것으로 떠난 친구의 이름을 기리는 것이라고 했습니다. 어쩌면 그렇게라도 친구에게 용서 받고 싶었는지도 모를 일입니다.

냉정함에 서늘해질 정도로 산악인들은 자신의 목숨을 부여잡고 있습니다. 추락하는 것이 정말 날개를 단 것처럼 순식간에 무게를 싣게 되면 그 몸을 지탱하고 있던 로프는 무용지물이 되고 맙니다. 자칫 잘못해 떨어지는 동료를 구하려는 무모한 행동을 하게 되면 두 명의 목숨을 모두 잃게 됩니다. 힘을 받고 있는 로프가 인간의 손을 냉정하게 끊어 냅니다. 심지어는 허리가 두 동강 나는 참혹한 사고를 당할 수도 있습니다.

산을 오르다 널브러져 있는 주검들을 마주하는 것은 이제 예삿일입니다. 고산의 경우에는 수습이 불가능하지만 낮은 산에서의 실족사는 수습이 가능합니다. 한국이나 일본만 해도 산에서 먹고 자는 사람들이 있습니다. 그들은 산에서 구조 요청이 오면 바로 사람을 살리는 일에 참여하게 됩니다.

도시에서는 흔히 볼 수 없는 주검들은 산을 높이, 더 높이 올라갈수록 많이 마주치게 됩니다. 전쟁터를 방불케 하죠. 로프에 매달려 운명한 사람과 로프에 몸이 감겨 사지가 찢긴 사람들을 비롯해 그들을 수습해 집으로 돌려보내는 일을 하는 봉사자들은 하루하루 냉정해질 수밖에 없습니다.

때로는 로프에서 이미 벗어나 그 시신을 찾을 수조차 없는 경우도 부지기수입니다. 하지만 그들은 보이지 않는 어느 산 한 귀퉁이에서 산과 숨을 쉬고 있을 거라고 스스로를 위로하기도 합니다.

"잘 견디셨습니다."

나는 이 말의 진정한 의미를 잘 알고 있습니다. 추위와 사투를 벌이며 식량도 없이 4일을 버텨 냈던 적이 있었습니다. 마치 주검 같은 존재로 발이 묶여야 했죠. 백야의 해가 그리웠습니다. 그리고 동료들을 위로했습니다. 마침내 산이 길을 열어 주는 순간, 나는 동료들에게 그 말을 했습니다.

"잘 견디셨습니다."

언젠가 친구의 죽음을 겪었던 산악인도 조난을 당한 사람들에게, 그리고 목숨을 부지한 사람들에게도 처음 산에서 마주할 때 그 말을 건넨다고 들었습니다. 산 사람이건 죽은 사람이건 그가 건네는 그 한

마디의 의미가 무엇인지 알 것 같습니다. 우리가 진정 산에 버리지 말아야 할 것이 목숨이라는 것을 뼈저리게 느끼게 해 주는 한마디라는 것을 말입니다.

세상에서 가장 아름다운 동사, 도전하다

어려서부터 산처럼 높고 푸른 꿈을 품었습니다. 청년이 되어서도 여전히 산을 꿈꾸었고, 히말라야를 동경했던 나는, 마침내 스물여덟 살의 나이에 세계 최고봉인 에베레스트8848미터 꼭대기에 올랐습니다. 그리고 다시 20년의 세월이 흘러 어느덧 지천명을 바라보는 나이에 누구도 이루지 못했던 히말라야 16좌 등정을 달성한 산악인이 되었습니다.

세계 7대륙 최고봉인 남아메리카의 아콩카과6959미터, 유럽의 엘브루스5595미터, 아프리카의 킬리만자로5895미터, 남극의 빈슨매시프4897미터에도 올랐으며 마지막 남은 북아메리카의 매킨리6194미터, 오세아니아의 칼스텐즈4884미터에도 도전할 것입니다.

사람들은 내게 많은 것들을 묻곤 합니다. 어째서 산에 오르는지, 무엇이 가장 어려웠는지, 중도에 포기하고 싶은 마음은 들지 않았는지, 또 그 모든 것들을 이뤄 낸 후에는 도대체 무엇을 할 것인지….

지금까지 그래왔듯이, 아마도 생이 다하는 날까지 나는 결코 안주하지 않는 삶을 살아갈 것입니다. 끝없는 도전이야말로 진정한 내 삶의 모습이며, 내가 걸어가야 할 길이라고 확신하기 때문입니다.

현재의 모습에 만족하고 안주하는 것은 나태한 사람들이 하는 행동이라고 생각합니다. 그들은 결코 그 이상의 삶을 살 수 없습니다. 나 역시 히말라야 16좌 등반을 하는 동안 무수한 고비를 넘겼습니다. 죽음의 문턱까지 이르렀던 적도 여러 번 있었으며, 동상에 걸린 나의 엄지발가락을 자르는 것보다도 더욱 괴로웠던 일인, 사랑하는 사람들을 잃는 슬픔도 겪어야만 했습니다. 등정에 성공했을 때보다 중도에 눈물을 삼키며 돌아서서 다음을 기약해야만 했던 경우가 더 많았습니다.

하지만 온갖 어려움들 속에서 좌절하고 주저앉았다면, 만약 내가 히말라야를 등지고 남들처럼 도심에서 샐러리맨과 같은 평범한 삶으로 살았다면 어땠을까요?

나 자신이 먼저 스스로를 용서할 수 없었겠지만, 그건 분명히 살아도 사는 것이 아니었을 것입니다. 또한 나를 믿고 함께했던 죽은 동료들을 배신하는 일이었을 겁니다. 만일 내가 중도에서 히말라야 16좌 등정을 포기했다면, 일상적인 삶 속에서마저도 불안정한 삶을 살 수밖에 없었을 것입니다.

이 일이 안 되면 저 일을 하고, 저 일이 안 되면 또 다른 일을 찾

끝없는 도전과 열정, 그것만이 나를 살아 있게 만드는 유일한 길이었다. 그리고 그 끝에서 나는 희망을 보았다.

고…. 단지 밥벌이를 위해, 돈을 벌기 위해 일을 하다가 결국에는 왜 나에게 맞지 않는 그 일을 하는지조차 모르게 되었을 것입니다. 후회로 얼룩진 삶이 되었겠죠.

물론 나는 다시 인생을 살아도 산악인이 될 것이고, 다시 태어나도 히말라야에 도전할 것입니다.

확고한 목표가 있다면, 그리고 그것이 나쁜 일이 아니라면 결코 중도에 포기해서는 안 됩니다. 오직 한 우물을 판 인생만이, 자신이 선택한 길에서 최선을 다해 끝까지 걸어가 본 사람만이 진정한 생의 가치를 알 수 있습니다.

수많은 삶 가운데 내가 선택한 길은 '산'이었지만 그로 인해 산 밑의 온세상을 내 가슴에 품을 수 있게 된 것입니다. 그리고 그 삶을 통해서 이렇게 많은 사람들에게 나 역시 하늘 아래 그 무엇이든 할 수 있다는 꿈과 희망을 심어 줄 수 있게 된 것입니다.

언제나 세상은 도전하는 사람들의 것입니다. 역사는 바로 도전하는 사람들에 의해 씌어졌습니다. 수많은 사람들이 이 세상을 살다가 죽었지만 소수의 도전하는 사람들에 의해 단지 끌려가는 삶을 살았을 뿐입니다. 도전하는 자는 새로운 길을 만들어 나가는 존재이며, 그 어느 정도 닦여진 길을 뒤좇는 수많은 사람들이 역사의 그늘로 사라져 갔습니다. 현재의 세상을 이룬 이들은 바로 불굴의 도전정신을 가진 사람들이었습니다. 그리고 지금 이 순간에도 도전하는 사람들에 의해 세상이 변화되며 재창조되고 있습니다.

정열을 가지고 자신의 모든 것을 바쳐 도전하는 사람들에겐 그 어떤 어려움이 닥쳐올지라도 나중에 반드시 밝은 길이 열릴 것입니다. 꿈을 꾸십시오. 원대한 꿈을 품으십시오. 그리고 그것을 향해 한 걸음 한 걸음 나아가십시오. 결코 서두르거나 꿈을 버리지 마십시오. 최선을 다한다면 이루지 못할 것이 없습니다. 꿈은 반드시 이루어집니다.

한 가지 명심해야 할 것은 현재에 안주해서도 안 되지만, 겸허한 자세로 감사하는 마음 또한 잊지 않아야 한다는 것입니다. 나의 모든 산행 중에서 혼자만의 힘으로 이뤄 낸 것은 단 한 가지도 없습니다. 어떠한 악조건에서도 끝까지 함께해 준 동료들과 셰르파들, 물질적으로 또 정신적으로 큰 도움을 주신 수많은 분들이 계셨기 때문에 가능했던 일이었습니다. 감사하는 마음을 가지고 임할 때 도전 또한 참의미를 찾고 더욱더 아름다운 것이 됩니다.

이제 새로운 도전을 향해 나는 또 나아갈 것입니다. 언제나 그랬듯이 그 길엔 조금의 망설임이나 후회도 없을 것입니다. 그것이 '히말라야의 탱크'인 나 엄홍길의 삶이자, 내가 걸어가야 할 길이기 때문입니다. 어떠한 장애물도 막을 수 없는 무한한 도전의 길일 것입니다. 언젠가 먼저 떠났던 사랑하는 동료들을 다시 만났을 때, 그들을 껴안으며 함께 웃을 때까지 나는 앞으로 또 앞으로 나아갈 것입니다.

그런데 문득 '정말로 무엇을 목표로 해야 할까? 내 삶이 목적지를 잃은 채 바다에서 표류하는 배와 같아지는 것은 아닐까?' 고민하던 차, 최근에 새로운 목표 하나를 갖게 되었습니다.

얼마 전 유럽우주기구가 공개한 태양계 최고봉, 화성에 있는 '올림푸스 몬스'에 오르는 이상을 갖게 된 것입니다. 인류 최초로 말이죠. 에베레스트보다 세 배나 높은 27350미터의 그곳. 물론 과학적인 조건과 나의 건강이 허락한다면 말입니다. 만일 그것들만 허락된다면 나는 또다시 도전할 것입니다.

이 글을 읽고 있는 여러분의 목표는 무엇입니까? 그것에 도전하기 위해 어떠한 준비를 하고 있습니까? 또 그 길 위에 지금 얼마만큼 와 있습니까?

내 마음의 산을 오르는 야크

셸 실버스타인의 『아낌없이 주는 나무』는 나무가 사람에게 모든 것을 내어 줌으로써 진정한 삶의 가치가 무엇인지를 알려 주는, 전세계 아이들은 물론 어른들도 좋아하는 동화입니다. 아낌없이 주는 나무처럼 인간에게 그야말로 자신의 모든 것을 내어 주는 동물이 있습니다. 바로 야크입니다.

소과에 속하는 그 동물의 특이한 점은 해발 4300~6100미터 지역에만 서식한다는 것입니다. 해발 4000미터 이상이면 식물들도 자라기 힘든 지역이고 웬만한 산악인들도 고소증에 시달리는 곳입니다. 그런데 야크는 3000미터 이하로 내려가면 시름시름 앓고, 생식기에도 이상이 생기며, 질병에 걸리기 쉽다고 합니다. 높은 곳에서만 살아야 하는 동물이지요.

바로 그 야크가 히말라야에 사는 고산족들에게는 없어서는 안 될 운송 수단입니다. 또 가축으로 기르지만 그 이상의 의미를 지니고 있는 동물입니다. 야크 고기는 구워도 먹고 말려서도 먹으며 수프로도 만들어 먹습니다. 야크 젖은 마시기도 하고 치즈나 버터로도 만드는데, 야크의 버터는 수유차의 재료가 되기도 합니다. 그리고 사원에 불을 밝힐 때 야크 버터를 녹여 사용하기도 하고요.

야크의 가죽은 옷, 이불, 텐트, 신발 등, 그야말로 안 만드는 것이 없을 정도로 유용하게 쓰입니다. 야크 뿔로는 장신구를 만들고 두개골에 경전을 적어 제단에 올리기도 합니다. 꼬리는 파리채로 쓰이고 옆구리의 긴 털은 스웨터나 끈, 로프를 만들며, 마른 똥은 나무가 잘 자라지 않는 고원지대에 사는 사람들에게 유일한 연료로 쓰입니다.

야크 똥은 그것을 태우는 불 옆에 있어도 냄새가 없고 화력도 아주 좋은데다가 오래 타는 완벽한 연료입니다. 더욱이 야크의 주식은 사람이 먹을 수 없는 거친 풀이어서 사람이 먹는 식량을 나누지 않아도 됩니다.

똥마저도 버릴 것이 없는 야크. 셰르파, 포터들과 함께 나의 산행에 늘 도움을 주고 운송 수단의 역할을 해 준 것이 야크입니다. 딸랑딸랑 종소리를 내며 짐을 싣고 따라오는 야크들의 행렬이 등 뒤로 까마득하게 이어지면, '아, 드디어 산행이 시작되는구나!' 실감이 납니다.

야크 한 마리에 보통 3, 40킬로그램의 짐을 싣습니다. 고소증이 오는 고원지대에서 야크가 아닌 사람이 그 짐들을 지고 오른다고 생각해 보십시오. 얼마나 힘들까요. 그러나 야크는 무거운 짐을 메고도 오히려 평화롭게 산을 오릅니다.

높은 산을 오르내려서인지 야크의 심폐 기능은 아주 강합니다. 숨을 들이쉬고 내쉬는 힘이 다른 동물들보다 셉니다. 세상에서 가장 산을 잘 오르는 동물이 야크지요. 숨을 씩씩거리며 걷고 있는 야크들을 보면 가끔 '저 녀석들도 나의 대원들이구나'라는 생각이 듭니다.

아낌없이 주는 나의 대원들, 야크.

그 이름을 딴 우리나라의 아웃도어 메이커 블랙야크가 있습니다. 우직하면서도 지칠 줄 모르는 강인함을 상징하고 있어서 내가 붙여 준 이름이기도 합니다.

야크 우유로 만든 버터는 정말 그 맛이 구수하고 좋습니다. 내가 먹어 본 음식 중에 잊을 수 없는 것이 '알루로띠'라는 음식입니다. 생감자를 갈아서 야크 버터를 바른 후 구운 일명 감자 부침개인데, 야크 버터가 녹아들어서인지 그 맛이 최고였습니다.

고산족 셰르파들이 많이 사는 해발 3, 4000

때로 묵묵히 낙타가 사막을 건너는 것처럼, 야크는 무거운 짐을 지고 험난한 히말라야 계곡 사이를 산처럼 말없이 올랐다.

고산지역에 서식하는 야크는 진정한 나의 등정 대원이 되었다. 씩씩 코로 뿜어내는 야크의 숨소리는 마치 자연과 하나가 된 삶의 순리를 말해 주는 것 같았다.

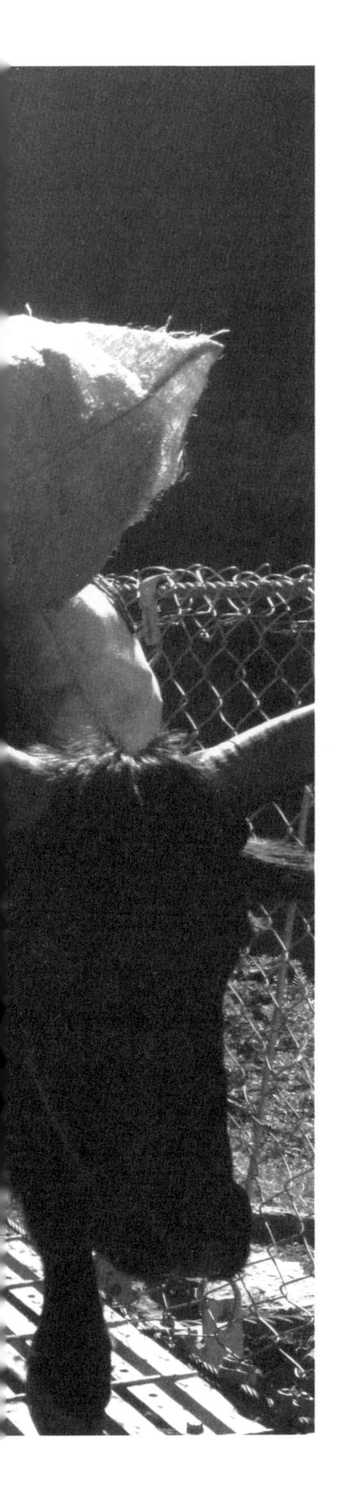

미터의 쿰부지역에서 먹는 음식인데 귀한 손님들이 오면 내놓는다고 합니다.

사막을 건너는 데 낙타가 필수적인 동물이라면 산을 오르는 데 가장 필요한 대원이 바로 야크입니다.

소설가 서영은의 『먼 그대』라는 작품이었던가요? 마음이 힘들고 어려울 때, 마음이 사막처럼 덥고 갈증이 나고 걷기조차 힘들 때, 작가는 사막의 낙타를 떠올린다고 합니다. 묵묵히 낙타가 사막을 건너는 것처럼 작가도 마음의 사막을 그렇게 건넌다고 합니다.

히말라야 고산족들에게 야크는 작가의 마음속 낙타와도 같은 것입니다. 야크와 함께 그들은 높은 산에서 살며, 산을 오르고, 또 마음의 산을 오르는 것입니다.

나의 마음속에도 산을 오르는 야크가 있습니다. 어떤 고난과 시련에도 굴하지 않고 묵묵히, 때로 가쁜 숨을 몰아쉬며 내 마음의 산을 오르는 한 마리의 야크. 그 친구와 함께, 그리고 그 친구에게 배우며 나도 산을 오릅니다.

불멸의 육체는 없습니다.
불굴의 정신이 있을 뿐입니다

미국 16대 대통령 아브라함 링컨만큼 실패를 많이 한 사람은 그리 흔하지 않을 것입니다. 그는 전생애에 걸쳐 수많은 실패를 했지만 끝까지 포기하지 않았습니다.

링컨은 두 번이나 사업에 실패했으며, 여덟 번이나 선거에서 패배를 맛봐야 했습니다. 그리고 신경쇠약이라는 병을 얻어 고통 속에서 삶을 살아야 했습니다.

또한 가족이 집을 잃고 길거리로 쫓겨나면서부터는 혼자 가족들을 부양해야 했으며, 친구에게 빌린 돈으로 사업을 시작했으나 결국 파산하였습니다. 17년이라는 긴 세월 동안 빚을 갚아야 하는 꼴이 된 것이죠.

결혼식만 손꼽아 기다렸던 날도 갑자기 약혼자가 죽어 버리는 불운을 경험해야 했습니다. 뿐만 아니라 주의회 대변인 선거에 출마했으나 낙선했고, 다시 부통령 선거에 출마했으나 실패로 돌아가고 말았습니다. 하지만 그는 포기하지 않고 미국 하원의원 선거에 다시 출마합니다. 물론 예상대로 낙선하고 맙니다.

그는 고향집으로 돌아가 국유지 관리인이 되고자 했습니다. 하지만 그것마저도 여의치 않았습니다. 그리고 상원의원 선거 때도 패배를 했습니다.

실패, 패배가 그의 이마에 붙은 수식어였습니다.

그럼에도 불구하고 그는 끝없이 도전을 했습니다. 여러분 같으면 어떻게 하겠습니까. 수십 년 동안 인생이 실패와 패배로 점철되고 17년 동안이나 빚을 갚아야 하는 상황, 그리고 일을 하면 할수록 자꾸만 반복되는 패배의 쓰라림에서도 좌절하지 않고 끝없이 일어설 수 있겠습니까?

그것은 바로 링컨이 지니고 있는 불굴의 도전정신 때문입니다. 링컨처럼 끝까지 포기하지 않는 자만이 승리의 영광을 안을 수 있는 것입니다. 그에게는 일곱 번 넘어져도 여덟 번을 일어나는 오뚝이정신이 있었기 때문입니다.

1860년 미국 대통령에 비로소 당선된 링컨은 이렇게 말했습니다.

"내가 걸은 길은 험하고도 미끄러웠습니다. 그래서 자꾸만 넘어지곤 했습니다. 그러나 나의 길은 미끄러웠을 뿐 낭떠러지는 아니었습니다."

링컨은 오랫동안 실패와 패배를 거듭했지만 성격이 어두워지거나 위축되지 않았습니다. 오히려 그것을 숱한 산 경험으로 돌리는 긍정적 사고는 그를 유머 있는 대통령으로 만들었고, 백인에게 학대 받는 흑인들의 노예제도를 해결했습니다. 미국의 역사상 아주 훌륭한 대통령으로 남은 것이죠.

발명왕 에디슨도 마찬가지입니다. 그는 초등학교에서 정신지체아로 취급을 받아 퇴학을 당했습니다. 어려서부터 상처와 실패의 쓴맛을 본 에디슨은 그것에 주저앉지 않고 의지와 투지로 운명을 바꾸었습니다. 정신지체아였던 에디슨이 발명왕이 된 것은 그만큼 노력을 했기 때문입니다. 모든 것은 노력의 차이입니다.

'정신지체아로 남아 실패한 자로서 불만만 잔뜩 가지고 살아갈 것이냐, 아니면 불굴의 도전정신으로 실패를 성공의 어머니로 만들 것이냐.'

연구실에서 하루 종일 일을 하면서 에디슨은 하루 네 시간씩밖에 잠을 자지 않았답니다. 그럼에도 불구하고 에디슨은 이렇게 말했습니다.

"저는 일하지 않았습니다. 하루 네 시간만 자고 나머지는 모두 놀았습니다."

에디슨은 자신의 발명을 놀이로 생각한 것입니다. 일이 너무너무 재미있고 즐거워서 논다고 생각을 하면 그만큼 신나는 일이 어디 있겠습니까.

에디슨은 전구를 발명하는 데 700번의 실패를 했다고 합니다. 그

뙤약볕이 내리쬐는 설벽에 간신히 붙어 산을 오르고 있는 동안 나의 체력은 바닥을 쳤다. 몸뚱이는 아래로 추락할 것만 같았고 정신은 온전히 그것을 붙잡고 있었다. 나는 그 끈을 놓을 수 없었다.

것을 본 주변 사람들이 말했습니다.

"700번이나 실패를 했는데 이제 그만두시지요. 불가능할 것 같은데요."

그러자 에디슨이 말했습니다.

"실패라니요. 나는 전혀 실패하지 않았습니다. 전구를 만들지 못하는 700가지의 방법을 터득했을 뿐입니다."

수십만 번의 실패를 거듭하면서도 그것을 실패로 받아들이지 않았기에 에디슨은 1천 개의 발명품을 개발할 수 있었던 것입니다.

나를 링컨과 에디슨에 비교하는 것은 아닙니다. 다만 그들의 도전정신을 말하고 싶었을 뿐입니다.

산을 오르는 것은 더욱더 그렇습니다. 무엇보다도 히말라야는 생명을 담보로 올라야 하는 곳이기에 한 번 실패하면 자신에게도 큰 상처가 될 수 있습니다. 잘못하면 영원히 돌아오지 못할 수도 있습니다. 그런 두려움과 위험 속에서 한 번 실패를 한 후 다시 되돌아오려면 그야말로 강인한 투지와 불굴의 도전정신이 있어야 합니다.

"불굴의 도전정신은 어떻게 기릅니까?"

가끔 강의를 하다 보면 사람들이 묻곤 합니다. 그 질문의 첫 번째 답으로 체력을 꼽고 싶습니다. 정신보다 육체가 더 먼저인 경우가 있습니다. 건강한 육체가 건강한 정신을 만듭니다. 담배를 피우던 사람이 오랫동안 달리기 연습을 하다 보면 점점 담배를 피우는 것이 싫어진다고 합니다. 담배를 피우다 보면 폐에 좋지 않아 달리기를 할 때 불편한 이유도 있지만, 먼저 우리 몸이 달리기 연습을 하는 동안 담배의 안 좋은 성분을 밀어내는 신경물질을 내보낸다고 합니다.

여러분들도 느끼실 것입니다. 달리기를 하거나 산을 오르면서 숨을 헉헉거리며 온몸에 있는 것을 뱉어 버리고 났을 때의 맑음, 그 상쾌한 기분은 정신을 선명하게 해 주고 의지력과 투지력을 길러 줍니다. 아무리 정신이 강하다고 해도 체력이 뒷받침되어야 합니다. 더욱이 산악인처럼 장시간의 산행을 요하는 일에는 말입니다.

무슨 일을 시작하려면 항상 운동부터 하라고 말씀드리고 싶습니다. 45분의 수업을 마치고 10분을 쉬는 것처럼 여덟 시간을 일하면 하루 한 시간은 운동을 해야 합니다. 체력이 뒷받침되는 것도 물론이거니와 그 일을 하는 데 있어서 운동이란 오히려 몸을 지치게 만드는 것이 아니라 에너지 공급의 역할을 해 줄 것입니다.

나는 어려서부터 원도봉산에 올랐습니다. 어머니가 원도봉산에서 장사를 하셨기 때문에 매일 무거운 짐을 지고 오르내려야 했습니다. 작은 키였지만 산을 오르내리며 체력을 단련했습니다. 그래서 나는 평지를 걷는 것보다 오르락내리락 경사진 길을 걷는 것이 더 익숙하고 편합니다. 어린 시절 항상 지게를 지고 산을 오르내리며 물건을 날라야 했기에 그냥 걷는 것보다 무거운 배낭을 메고 오르는 데 더 익숙해져 있지요.

군대에서도 혹독한 훈련을 받아 내고 이겨 냈습니다. 등산은 물론이지만 바다에서 수영하는 것도 자신 있습니다. 그렇게 육체적인 훈련을 받고 다시 히말라야 산을 오르는 훈련을 받았습니다. 그러나 몇 번을 실패했습니다.

아무리 강한 육체라고 자부하더라도 죽음을 눈앞에서 맞는 것은 암담한 일입니다. 처참했습니다. 그것을 이겨 내야 한다는 생각이 다시 몸에서 밀려오고 마음으로 다가가 정신에 뿌리내리면서 결국 정신이 몸을 지배하기 시작했습니다.

'그래, 이제 다시 시작이다!'

실패할 때마다 그렇게 외쳤습니다.

어렵고 힘든 문제는 바로 그 어렵고 힘듦 속에 답이 있습니다. 그 답을 찾기 위해 골방에 틀어박혀 있지 마세요. 투덜거리거며 술을 마시거나 담배를 피우며 여기저기 사람들을 만나 상의하지 마세요.

밖으로 나가 몸이 지칠 때까지 숨이 턱에 차오를 때가지 뛰세요. 산을 오르세요. 육체가 힘들수록 정신이 선명해 지는 것을 느낄 수 있을 것입니다. 그렇게 오랜 연습이 되면 육체의 한계를 뛰어넘을 수 있을 것입니다. 정신의 어떤 어려운 문제가 생기더라도 이겨 내고 또 이겨 낼 것입니다. 실패를 극복할 것입니다. 불멸의 육체는 없지만 불굴의 정신은 있습니다.

높이 나는 새가 멀리 봅니다

지구상에서 가장 먼 거리를 이동하는 철새 중 제비갈매기는 1년에 남극과 북극을 두 번이나 오고 갑니다. 그 새들의 1회 왕복 거리는 30000킬로미터 이상이나 된다고 합니다. 도대체 그 힘과 지구력은 어디서 나오는 것일까요. 몸집이 큰 독수리 같은 새들은 원을 그리며 하늘로 올라가 상승기류를 타고 그 기류에 따라 높낮이를 조절하며 나아간다고 합니다. 바람을 타는 법, 즉 바람을 이해하고 있는 것이지요.

그러나 그것보다도 더 중요한 사실은 새들이 자신을 이해할 줄 안다는 것입니다. 바람이 세차게 불어올 때 자신의 무게를 가지고 앞으로 나가면 안 된다는 것을 알고 있습니다. 오히려 바람에 휩쓸려 뒤로 물러났다가 다시 솟구치는 법을 아는 것입니다. 자신을 완벽하게 읽고 이해할 줄 아는 새만이 바람을 이해하고 또 살아남을 수 있는 것을, 높이 나는 새들을 보며 배웁니다.

그렇게 숱한 고난과 함께 장거리 이동을 하면서 목적지까지 정확하게 도착합니다. 이미 많은 새들이 굶거나 얼어 죽어 그 숫자는 출발할 때와 달리 부지기수로 줄어듭니다.

7000미터의 높이로 히말라야 상공을 넘나드는 새가 있습니다. 그 새들이 호흡을 줄이고 자신의 몸무게를 줄이고 히말라야의 칼바람 부는 상공을 넘어 인도로 갑니다. 나도 7000미터를 넘다가 도중에 얼어 죽은 새들이 떨어져 있는 것을 발견했던 적이 있습니다.

히말라야를 나는 새들…. 햇빛에 반사되는 흰 눈에도 설맹에 걸리지 않고, 아무리 추운 바람이 불어도, 그저 높고 높은 히말라야 상공을 나는 새들을 보며 감동을 받곤 했습니다.

높이 나는 새처럼 바람을 이해하고, 산을 이해하고, 자신을 이해하는 법을 배운다는 것. 어느 상황 속에서든 호흡을 고르고 몸무게를 줄인다는 것. 그것이 어디 히말라야를 나는 새들에게만 통하겠습니까. 도시에 사는 사람들에게도 그 정신만큼은 필요합니다.

히말라야의 새가 더 높은 하늘을 향해 날아갔다. 바람을 거스르지 않고 오랫동안 꿈꾸었던 세상을 한눈에 담을 수 있는 그곳으로. 산이 보이지 않는 자연 속으로 내가 걸어 들어갈 때처럼….

어린 시절 누구나 읽었던 리처드 바크가 쓴 『갈매기의 꿈』의 화두가 바로 '가장 높이 나는 새가 가장 멀리 본다' 였습니다.

한적한 바다 위에서 빵 조각과 사투를 벌이는 다른 갈매기들과는 달리 자신의 꿈을 실현시키는, 조나단이라는 갈매기의 이야기가 히말라야 중턱쯤에서 가끔 떠오르곤 했습니다. 숨을 몰아쉬며 때로 나 스스로도 내가 여길 왜 오는가라는 질문에 마땅한 대답을 찾지 못할 때면, 문득문득 그 조나단이라는 갈매기를 생각했었죠.

조나단은 다른 갈매기들과는 달리 평범한 삶을 거부했습니다. 그는 더 높이, 더 자유롭게, 더 아름답게 날고 싶은 자신의 소중한 꿈을 위해 죽음을 무릅쓰고 1000피트 상공에서 자신의 한계 속도를 넘어 수직 하강을 합니다.

실패 같은 것은 두렵지 않았습니다. 날 수 있는 것 자체가 조나단에게는 힘이었고 기쁨이었습니다. 그러나 동료 갈매기들은 이해할 수 없었습니다. 조나단은 오히려 분별없고 무책임한 행동이라고 보고 그를 추방시키지만 조나단은 굴하지 않았습니다. 조나단은 어려움 속에서도 혼자서 새로운 가능성을 찾기 위해 갖가지 연습에 몰두합니다. 그리고 그 속에서 참된 기쁨을 발견합니다.

여전히 다른 갈매기들의 비난을 면하지는 못했지만, 조나단은 자신을 따르는 갈매기들에게 이렇게 말했습니다.

"눈으로 배우지 마. 눈으로 배운 것은 반드시 한계가 있다. 스스로 움직여서 알아내고 이해해야 돼. 그리고 네 마음의 눈으로 보는 거야. 네가 이미 알고 있는 것을 찾아야 해. 그러면 스스로 나는 법을 깨닫게 될 거야."

내 인생에 있어서 꿈의 목표였던 8000미터 봉우리의 마지막 16좌 로체샤르8400미터를 오를 때, 나는 비로소 어려서 읽었던 『갈매기의 꿈』에 나오는 조나단의 말을 이해할 수 있었습니다.

"학! 학! 학!"

숨을 몰아쉬는 나의 얼굴에 누군가 카메라를 들이댔습니다. 세계 최초 히말라야 16좌 완등 장면을 찍기 위해 함께 간 방송국 대원이었습니다. 앞에서 미리 기다리고 있던 카메라 대원도 힘든 것은 마찬가지였습니다.

고산지대, 그것도 8000미터 가까이 오르다 보면 숨을 쉬는 기본적인 것조차 힘이 듭니다. 아무 말도 나오지 않습니다. 그때 내 마음속에서 갈매기 조나단의 말이 떠올랐습니다.

'스스로 움직여서 알아내고 이해해야 해. 네 마음의 눈으로 보는 거야. 이미 알고 있는 것이지만 깨닫지 못한 그것을 찾아야 해.'

산이 좋아 산을 올랐지만 처음 히말라야를 오를 때는 오직 이상과 꿈만을 위해 오른 적도 있었습니다. 수많은 좌절과 실패, 죽음의 문턱을 넘나들면서 14좌를 넘고, 15좌, 그리고 16좌를 오르려할 때 내 마음속에서 그런 소리가 들려오는 듯했습니다. 누구나 알고 있지만 그것을 경험하고 배워서 터득해야 한다는 것을….

그렇습니다. 누구나 압니다. 누구나 이론으로, 현실적으로, 때로는 이상으로도 알고 있습니다. 밥을 많이 먹으면 비만이 된다는 것도 알고 있고, 술과 담배를 많이 하면 건강이 안 좋아진다는 것도 알고 있고, 게으르면 안 된다는 것도 알고 있습니다.

누구나 알지만, 누구나 그렇게 행동하지는 않습니다. 이미 알고 있는 것. 그것을 찾기 위해 조나단이 그렇게 높이 올라갔다는 것을 비로소 로체샤르를 눈앞에 두고 나는 이해했습니다.

가장 높이 나는 새가 가장 멀리 보는 것입니다.

가버린 친구에게 바침

하얀 날개를 휘저으며 구름 사이로 떠오르네.

떠나가 버린 그 사람의 웃는 얼굴이.

흘러가는 강물처럼 사라져 버린 그 사람,

다시는 못 올 머나먼 길 떠나갔다네.

한없이 넓은 가슴으로 온세상을 사랑하다,

날리는 낙엽 따라서 떠나가 버렸네.

울어 봐도 오지 않네, 불러 봐도 대답 없네.

흙 속에서 영원히 잠이 들었네.

나는 여러 인터뷰에서 건아들, 그리고 휘버스가 노래한 「가버린 친구에게 바침」이 애창곡이라고 밝혔습니다. 산속에서 또는 노래를 해야 할 자리에서 자주 부르는 곡이긴 하지만 사실은 무척이나 나를 가슴 아프게 하는 곡입니다.

그 노래를 부를 때면 떠오르는 이들이 있습니다. 내가 히말라야 16좌 등정을 이루는 동안 떠나보내야 했던 사랑하는 친구들, 선후배들, 셰르파들. 박병태, 박무택, 지현옥, 한도규, 현명근, 박주훈, 황선덕, 술딤 도르지, 나타, 까미 도르지, 다와 따망…. 젊은 나이에 그들은 자신들의 생을 마감하고 히말라야의 일부가 되고 말았습니다.

이름과 얼굴을 떠올리는 것만으로도 나를 눈물짓게 만드는 사람들. 함께 웃고, 함께 울고, 함께 음식과 짐을 나누고, 함께 좌절하고, 또 함께 다시 일어섰던 그들. 나는 그들에게 갚을 수 없는 너무나 큰 빚을 졌습니다. 그들이 지금껏 살아 있었더라면 또 그들이 살고 내가 죽었더라면 하는 생각이 들 때가 한두 번이 아니었습니다.

지금껏 살아오며 많은 사람들을 만나고 사회에서 이러저러한 관계들을 맺어 왔지만 내겐 산행에서 목숨을 걸고 함께했던 인연들만큼 진정한 만남은 없었습니다. 짐작하건대 바깥세상 사람들에게 나는 산속에서 만난, 산으로 맺어진 친구들만큼의 믿음을 갖지 못했던 것 같습니다. 산에서 쌓은 우정은 결코 나를 배신한 적이 없었기 때문입니다. 그리고 내 동료들은 자신들의 삶과 희망, 그 모든 것을 걸고, 나를 믿고 동행해 주었습니다.

정상에 도전할 때면 늘 그 산에 오르려다가 목숨을 잃은 동료들의 사진을 몸속에 지닙니다. 만에 하나 그것이 얼어 버릴까, 나는 겹겹으로 싼 내 몸에서도 가장 따뜻한 곳에 사진을 품었습니다. 그리고 마침내 등정에 성공했을 때 나는 무엇보다도 먼저 그들의 사진을 정상의 눈 속에 묻어 주곤 했습니다.

나만큼 그 산에 오르고 싶어 했던, 누구보다도 아름다운 삶을 살았던 사람들. 목숨을 걸고 도전했으며 죽는다 해도 그 산의 일부가 되는 것이었기에 어떠한 후회나 망설임도 없었던 그들. 나는 정상에 잠시 머물다가 내려가지만 그들은 그토록 원하고, 좋아했던 곳에 언제까지나 머물러 있습니다.

만년설 속에 그들의 모습이 담긴 사진을 묻으며 기도했습니다. 그들이 그토록 오르고 싶어했던 히말라야 정상에서 세상을 내려다보며 영원히 평안한 안식을 가질 수 있기를…. 또 그들이 있었으므로 이 순간의 내가 가능했기에 한없이 고마운 마음 또한 전했습니다.

내가 중도에서 16좌 등정을 포기하지 않았던 것은 그들이 있었기에 가능한 일이었습니다. 수없이 힘들고 좌절할지라도, 또 그만큼했으면 됐지 왜 또 목숨을 걸고 올라야 하느냐는 의문이 들 때면 어느새 그들이 떠올랐습니다.

만일 내가 여기서 포기하고 돌아선다면 그들을 등진 배신자가 되는 것이었기에, 그런 일은 있어서도 있을 수도 없는 것이었기에, 안주하려는 마음이 생길 때면 나는 정신을 가다듬고 다시 앞을 바라볼 수밖에 없었습니다. 더욱 힘을 낼 수밖에 없었습니다.

그들에게 다시 한 번, 진정으로 감사의 뜻을 전합니다.

오늘도 도봉산을 오르며 「가버린 친구에게 바침」을 부릅니다. 그들 모두가 슬픔도, 고통도, 이별도 없는 히말라야에서 영원히 행복하기를…. 그리고 언젠가 다시 만날 나를 기다려 주기를….

산소가 부족한 도시

사람이 사회라는 커다란 기계의 부품으로 성장해 나가면서 우린 점점 더 복잡한 삶에, 말초적인 즐거움과 향락에 쉽게 빠져 들게 됩니다. 삶의 수많은 경이로움을 느끼기에는 너무나도 바쁘기 때문에 순간의 쾌락에 집중하고 더 많은 물건을 소유함으로써 빨리 내 안의 빈 곳을 채우려 하는 것이지요.

그들은 한숨 돌릴 겨를도 없이 움직이고 생각합니다. 살아남겠다는 열의와 투지로 말입니다. 붉은 태양이 내리쬐는 7월에 온갖 화火의 기운이 상승하는 아스팔트처럼 더운 김을 푹푹 내뿜고 있습니다. 너무나 숨이 막혀 불쾌지수가 하늘을 찌를 듯 치솟는다고 하더라도 멈추질 않습니다. 이 세상 모든 산소를 다 태워 타오를 것처럼 말입니다.

무산소 등정이라는 것이 있습니다. 해발 8000미터는 산소량이 희박해 산소마스크를 착용하고 올라야 합니다. 그렇지 않으면 고산증으로 생명이 위험할 수 있기 때문이죠.

이 시대의 삶을 살아가는 사람들은 매일 매일을 무산소 등정을 하고 있는 듯합니다. 머리가 깨어질 듯 아프고, 어지러우며, 구토가 날 것 같은 고산증을 견디며 말입니다. 내가 히말라야 정상을 향해 무산소 등정을 한다면 그들은 도대체 무엇을 향해 무산소 등정을 하고 있는 것일까요?

지금 우리에게 가장 필요한 것은 아마도 이 뜨거운 열기를 식혀 줄 파란 그 무언가가 아닐까하는 생각을 해 봅니다. 인간의 눈과 자연이 호흡을 맞추는 파란색. 히말라야 정상에서 바라본 하늘처럼 눈이 시리도록 파란 그 무언가를 말입니다.

마음을 가라앉히고 가만히 파란 하늘을 떠올려 보면 언젠가 우리가 경험했던 추억 한 가지가 떠오릅니다. 그러면 어느새 틀에 박힌 분주한 현실에서 벗어나 자연과 함께 호흡했던 그때, 그 추억 속으로 돌아가 있는 나를 발견하게 될 것입니다.

어릴 적 가족과 함께 떠났던 여행, 외갓집에서 놀던 기억, 이제는 낯선 단어가 되어 버린 방학 등 여유롭고 평안했던 그때가 떠오를 것입니다.

그 시절은 푸르렀으며 영원한 동경과 희망의 상징으로 남아 있습니다. 맑은 산소가 나의 폐를 가득 채우고, 내 몸을 감싸 안아 주었던 그때. 청명한 산소처럼 나를 살 수 있게 하고 지친 몸과 마음을 일으켜 세워 주었던 그때를 기억합니다.

하나라도 더 가지기 위해, 한 단계 더 올라서기 위해 아등바등하는 현대인들의 얼굴에는 어느새 어린 시절 자신이 지녔던 천진난만한 미소가 사라졌습니다.

작은 것 하나에도 만족할 줄 알았던 그때는 무언가를 더 가지기 위해, 올라가기 위해 살지 않았기에 행복했습니다. 단순한 놀이 안에서 기쁨을 찾을 줄 알았기 때문이죠. 좀더 내려놓고, 좀더 비워 두고, 좀더 천천히 간다면 더 많은 시간과 공간이 생겨날 것입니다.

행복한 삶의 척도는 '적당함'을 받아들이는 것이라고 생각합니다. 산에 오를 때도 적당한 때에 멈출 수 있어야 합니다. 정상을 불과 100미터, 200미터 남겨 두더라도 오르는 것이 적당하지 않다고 생각되면 그 순간을 받아들여야 합니다. 얼마 남지 않았다고 욕심을 낸다면 자연은 이를 허락하지 않습니다. 인간이 제 자신의 척도를 상실한 채 행동한다면 자연은 인간을 영원히 자기 품 안에 가둘지도 모릅니다.

최소한의 필요량은 개인마다 다르겠지만, 나만의 적당함의 척도를 바로 세울 수 있다면 원하고 바라던 일들이 보다 쉽게 다가올 수 있을 것입니다. 그 기준을 바로보고 지킬 수 있다면 매일 매일 무산소 등정을 하듯 살지 않아도 될 것입니다.

빠랑게 이야기

명사들이 소장하고 있는 물건을 공개하며 전문가를 모셔 감정을 의뢰하고, 값어치를 매기는 MBC 프로그램에 출연한 적이 있습니다. 산에 오르기 전 자주 들렀던 가게에서 산 나무조각 만다라와 네팔 친구에게서 받은 석청Wild honey과 침낭을 출품했었습니다.

어느 나라에나 그 나라의 유명한 관광 상품이 있듯이 네팔의 석청은 널리 소문이 나 있습니다. 아주 높은 절벽에서 따야 하는 채집의 위험만큼 그 꿀의 효험도 좋기 때문입니다. 일반 꿀과는 달리 히말라야 석청은 수십 가지 사람의 몸에 필요한 영양분을 비롯하여 비타민, 토코페롤, 칼슘, 게르마늄 등이 풍부합니다.

네팔 왕실 산하의 히말라야 석청 연구소에 따르면 석청은 현대인의 불치병인 암, 만성신경통, 혈액순환 장애, 아토피성 피부염, 중풍, 야맹증, 간염, 두통, 변비 등에 효과가 있다고 합니다.

그렇게 좋다고 소문이 나 있어서인지, 네팔에 머물면서 동료들과 석청을 먹어서 생긴 재미있는 일화들이 참 많습니다.

그 꿀을 한 스푼 반 정도 먹으면 온몸에서 열이 나며 식은땀이 흐르고 머리가 어질어질해지기 시작합니다. 그런 현상이 꿀의 효과가 몸에 바로 작용하는 명현 현상으로 알았습니다. 그런데 한 동료가 두 스푼을 더 떠먹었습니다. 세 스푼 반 정도를 먹은 것이지요. 온몸에 열이 나는 것은 둘째 치고 갑자기 화장실로 가더니 구토를 하기 시작했습니다. 그렇게 밤새 그 친구는 변기통을 붙잡고 구토를 했습니다.

석청 속에는 히말라야 산악지대에 피어나는 수많은 꽃에서 벌들이 채취해서 모은 아주 진귀한 꿀이 들어 있습니다. 그런데 벌들이 가끔씩 독소가 있는 꿀도 채취해 옵니다. 석청을 먹었을 때 머리가 어지럽고, 열이 나고, 구토 증세를 일으키는 것은 바로 그 독초에서 벌들이 채취해 온 꿀 때문입니다.

실제로 그날 방송을 진행하던 오상진, 조형기, 김용만, 세 분 중에 두 분이 내가 내놓은 석청을 몇 스푼 먹고 몸에 땀을 흘리며 말도 조금 더듬던 것을 TV를 본 사람들은 알 것입니다.

나도 처음에는 네팔 현지인들이 선물해 준 석청을 몸에 좋다고 해서 무리하게 먹었던 적이 있습니다. 얼마나 고생을 했던지. 밤새 변기통을 붙잡고 구토를 했던 동료보다 더 많이 속에 있는 것들을 게워내야 했습니다. 그 결과 속에 있는 모든 찌꺼기들을 뱉어 낸 것 같은 느낌에 지금도 속은 시원합니다. 그러나 속을 비우기 위해서 또 한

ⓒ류배상

기암절벽, 마을 대대로 내려오는 신성한 영혼을 지닌 지도자는 목숨을 걸고 석청을 채취했다. 석청의 희귀함보다 자연의 숨결을 거스르지 않는 빠랑게들의 정신이 더 고결하게 느껴지는 순간이었다.

번 그런 구토의 고통을 맛보고 싶지는 않습니다.

이제는 좋은 석청을 선물 받으면 아주 조금만 먹습니다. 살짝 몸이 데워지는 느낌이 오는 정도만 먹고 맙니다. 한 번 큰일을 당하고 꿀의 효능에 대한 욕심을 버리게 된 것이지요.

그 당시 네팔에 트레킹 온 여자 대원이 석청 좋다는 말을 듣고 욕심을 내서 몇 스푼 떠먹고는 온몸에 열이 오르기 시작했습니다. 그런데 얼마나 더웠던지 글쎄 그 친구가 사람들이 있는 데서 웃통을 벗어 던지는 통에 한참 동안 웃었던 기억이 납니다.

히말라야 석청은 네팔과 티베트의 접경지역인 해발 3, 4000미터의 기암절벽에서 채취하는 꿀입니다. 사람이 접근하기조차 힘든 곳이죠. 그 높은 절벽에 꿀을 모아 놓는 벌은 아피스 라보리오사APIS LABORIOSA라는 벌로 전세계 벌들 중에 제일 크고 사나워 쏘이게 되면 목숨을 잃을 수도 있습니다. 네팔에서는 천 년 전부터 명약으로 알려져 일반 사람들의 채취가 금지됐습니다.

석청이 진귀하고 몸에 좋다는 소문 때문인지 네팔을 여행하는 사람들마다 한두 개씩 사오곤 하지만 가짜들이 많습니다. 독초의 효능을 흉내내기 위해 화학약품을 섞어 놓은 것들이 대부분이기 때문입니다.

그도 그럴 것이 석청이 그리 흔하지는 않습니다. 1년에 한 번, 혹은 두 번씩만 채취가 가능합니다. 대나무로 엮어 만든 긴 사다리나 로프에 매달려 절벽을 오르내리며 무척 위험한 채취를 합니다. 목숨을 건 모험이라고 할 수 있죠. 보통 우기 이전인 5, 6월에 많이 채취합니다.

석청 이야기보다 사실은 그 꿀을 따는 사람들의 이야기를 더 하고 싶었습니다. 90도 기암절벽에서 로프에 몸을 의지한 채 석청을 채취하는 사람들을 현지 말로 빠랑게Honey hunter라고 합니다. 대나무 껍질로 밧줄과 받침대를 엮어 만든 줄사다리를 이고 빠랑게들은 석청을 찾아 밀림을 떠돕니다. 줄사다리의 길이가 긴 것은 100미터에 이르고 4, 50킬로그램의 무게가 나갑니다.

그들은 밀림에서 가끔 표범이나 곰 같은 맹수도 만납니다. 운이 좋으면 하루 이틀, 그렇지 않으면 며칠을 찾아 헤매다가 석청이 매달려 있는 곳을 발견합니다.

석청을 만들어 내는 벌들은 사람의 손길이 전혀 닿지 않는, 그리고 아주 위험한 절벽에 집을 지어 놓습니다. 그렇게 위험한 곳에 집을 한 번 지어 놓으면 수십 년, 혹은 수백 년을 이어 내려가기도 하지요. 아주 커다란 벌집은 수십만 마리의 벌들이 서식하며 모아 놓은 몇 백 년 된 꿀도 있어, 그곳에서 발견된 석청은 아주 효험이 높습니다. 수십만 벌들이 몇 백 년 동안 살았던 곳이니까 그 크기도 어마어마하겠지요.

첩첩산중을 헤매다가 벌집을 발견하면 대나무 껍질로 엮어 만든 로프를 타고 수백 미터 벼랑 아래로 빠랑게가 내려갑니다. 줄사다리에 매달려 석청을 따는 빠랑게는 오직 한 명뿐입니다. 경력이 가장 오래된 빠랑게지요. 다른 빠랑게들은 석청을 따는 빠랑게를 돕습니다. 대나무 사다리 줄에 매달려 혼자 석청을 채취하는 우두머리 빠랑게는 구도자나 다름없습니다. 실제로 그 마을에서 대대로 내려오는 영이 가장 맑고 신성한 지도자가 채취를 하기 때문입니다.

벌들을 쫓아내기 위해 절벽 밑에서 연기를 피우면 벌들의 행동이 느려져서 석청을 채취하기가 쉽습니다. 어렵게 채취한 석청이지만 양은 그리 많지 않습니다. 하지만 일일이 채취에서부터 판매까지 모두 네팔 정부의 승인을 받아야 합니다.

특히 진짜 석청이란 세계에서 제일 큰 왕벌 아피스 라보리오사 벌들이 만들어 놓은 꿀만을 의미하기 때문에 석청을 구입한다는 것은 쉽지가 않습니다.

기암절벽에서 줄사다리에 매달려 석청을 채취하며 펼쳐지는 광경은 가히 예술입니다. 아주 조심스럽게 벌들이 알아채지 못 하도록 한 발, 한 발 벼랑으로 내려가 연기를 피우고 자욱한 연기 속으로 웅웅거리며 수천, 수만 마리의 벌 떼들이 날아다니고….

히말라야 깊은 산속에 거주하며 감자와 옥수수 농사를 짓다가 해마다 5월과 6월이 되면 석청을 찾아 높고 먼 산속으로 험한 여행을 떠나는 빠랑게의 삶을 보면서 그들이야말로 진정한 산사람이라는 생각이 들었습니다. 그토록 위험한 곳에서 진귀한 것을 채취해서만이 아니라 그들이 산에 대해 가진 애정과 믿음, 정성이 남다르기 때문입니다.

석청을 채취하러 가기 전에 먼저 빠랑게들은 목욕을 하고 제사를 지냅니다. 기도를 드리고 몸과 마음, 정신을 맑게 한 후 석청을 찾아 길을 떠나는 그들의 삶은 이 세상 어느 곳에서도 찾아볼 수 없는 신성한 종교 같기도 합니다.

수없이 많은 산을 오르며 내가 산신들에게 허락을 구했던 것처럼 그들도 산을 먼저 존중하고 있었습니다. 그 산의 마음을 이해하고, 존중하며, 한 걸음, 한 걸음 다가갈 때에만 산의 신은 비로소 길을 열어 줍니다.

그렇듯이 빠랑게에게도 그 산의 신이 빠랑게를 허락하기 때문에 석청을 발견할 수 있고 또한 채취할 수도 있을 것이라는 생각을 했습니다. 석청을 찾아 절벽을 오르는 빠랑게들이야말로 산을 이해할 줄 아는 신성한 산사람이며, 진정한 구도자입니다.

평생 공부하는 사나이

산에 오르는 것이 내가 세상을, 또 삶을 배워 나가는 과정이었습니다. 내겐 하나하나의 등반이 너무나도 값진 인생 수업이었죠. 산의 높고 낮음은 문제가 되지 않았습니다. 그 어느 산도 배울 점이 없는 산은 없었기 때문입니다. 히말라야에서도 안데스에서도 또 한국의 작은 산에서도, 산은 언제나 무한한 침묵으로 나를 일깨웠습니다. 나는 단지 가슴을 열고 그 가르침을 받아들이기만 하면 되었습니다.

고산 등정에 성공했을 때는 날아갈듯 기뻤지만, 그보다 많았던 실패의 경험에서 나는 더 큰 것을 배웠습니다. 서른여덟 번 8000미터급 봉우리들에 도전했으며, 스무 번 성공하고 열여덟 번 실패했습니다. 하지만 그 성공과 실패가 결국 모두 소중한 것들이었습니다. 아니 오히려 끝까지 오르지 못하고 돌아서야만 했던 산행에서 나는 더 많은 것을 배웠습니다.

내가 아무리 많은 산에 오른다 해도 결국 지구상의 모든 산을 다 오를 수 없다는 것을 압니다. 그렇다 해도 살아 있는 한 또다시 도전하고, 성공하고, 실패하며, 그로부터 배우고 싶습니다. 또 무언가를 배우게 될수록 그만큼 높아지는 것이 아니라 더욱 낮아지고 싶습니다. 가을날의 익은 벼처럼 고개를 숙이고 싶습니다.

과학자 아이작 뉴턴은 말했습니다.

"나는 바닷가 모래사장에서 조개껍질 하나를 발견한 아이에 지나지 않습니다."

나 역시 히말라야 16좌를 등정했지만, 옛날 깊은 바다였던 히말라야에서 조개껍질 하나를 발견한 아이에 지나지 않습니다. 아직도 올라야 할 산이 많으며 배워야 할 것들이 더 많습니다. 그 과정에 있어 결코 조급해 하거나 게으르지 않을 것입니다. 생을 마치는 그날까지 성실한 자세로 그 수업에 임할 것입니다.

2002년 봄, 나는 한국외국어대학교 중국어과에 입학했습니다. 늦깎이 대학생이 된 것이죠.

공부를 하고 싶다는 마음이 나를 그곳으로 인도했지만, 그중에서도 특별히 중국어를 공부하고 싶었던 까닭이 있습니다. 그동안 히말라야 원정을 다니면서 네팔이나 인도 쪽에서는 영어를 사용해 의사소통하는 데 별로 문제가 없었습니다.

하지만 초오유8201미터나 시샤팡마8027미터 등 중국령 내의 산을 오를 때마다 말이 전혀 통하지 않아 고생을 했습니다. 그때마다 기회가 되면 반드시 중국어를 배워야겠다고 생각했습니다. 또 중국어를 마스터한 뒤 한·중 산악계 교류에 기여하는 한편, 원정 과정에서 눈여겨본 중국내의 미개척 산악지대를 개척하고 싶었습니다. 마침내 더 이상은 결심한 것을 미루지 말아야겠다는 생각이 들었습니다.

불혹을 넘긴 나이에 다시 학생이 되니 감회가 남달랐습니다. 나를 반기는 캠퍼스에서의 봄날은 너무나 좋았습니다. 벚꽃이 날리는 교정에서 햇빛이 가득한 길을 걸으니 기분 또한 상쾌했습니다. 나보다 스무 살 정도 어린 학생들의 넘치는 에너지가 내게 전해져 오는 듯했습니다. 마치 내가 다시 20대가 된 것 같은 착각도 들었습니다.

하지만 수업을 따라가기는 결코 쉽지 않았습니다. 고등학교를 졸업한 후 오직 산에만 미쳐서 20년 이상 살아온 내가 쉽게 중국어를 배울 수는 없었습니다. 그래서 죽기 아니면 까무러치기라는 각오로 열심히 학업에 임했습니다. 수업에 늦거나 빠지지 않으려고 항상 노력했습니다. 그리고 되도록 강의실 앞자리에 앉았습니다. 교수님의 말씀을 한 번에 이해하기 힘들다고 여겨졌기 때문에 녹음기로 강의를 녹음해서 여러 번 들었습니다.

가장 큰 문제는 내가 학교에만 다녀야 하는 것이 아니라 히말라야를 올라야 한다는 사실이었습니다. 14좌 등반은 마쳤지만 16좌 등반을 새로운 목표로 삼았기 때문이죠. 학교를 들어갔던 그해 2002 월드컵 성공을 기원하며 에베레스트8848미터에 올랐습니다. 그리고

2003년에는 로체샤르8400미터를 오르려다가 실패했고, 2004년에는 얄룽캉8505미터 등정에 성공했습니다.

히말라야 원정을 떠나 있는 동안에는 수업을 들을 수 없었기 때문에 과제물로 출석과 시험을 대체했습니다. 또 원정에서 돌아온 뒤에는 모두들 저만큼 앞서서 걸어가고 있었기 때문에 그들을 따라잡기 위해 밤잠을 설쳐야만 했습니다. 분명히 20대의 학생들에 비해서는 머리 회전이 잘 되지 않았기 때문에 그들보다 더 오랜 시간 엉덩이를 붙이고 앉아 공부할 수밖에 없었습니다.

모르는 것이 있으면 교수님이나 과 학생들을 찾아다니면서 그것을 알게 될 때까지 물었습니다. 다행히도 싫어하거나 거절하는 이 없이 모두들 나를 성심껏 도와주었습니다.

이제와 돌아보니 어떻게 학교를 졸업할 수 있었는지조차 모르겠습니다. 다만 어두운 산길을 등불 하나를 들고 헤쳐 나간다는 마음으로, 또 하나의 8000미터 고봉을 오른다는 마음으로 후회 없을 만큼 공부했습니다. 중도에 장애물들이 수없이 많았지만 결코 포기할 수는 없었습니다.

이제 해냈다는 뿌듯한 마음과 함께 입학 전과는 확실히 달라진 나를 느낍니다. 중국어라는 또 하나의 고봉에 등정했다는 자신감이 더해 집니다. 원정 중에 중국인들을 만나도 예전과 같은 어색함이 없습니다. 자신 있게 그들에게 먼저 다가갈 수도 있습니다.

학교생활을 하며 생각했습니다. 나는 여러 가지 여건이 허락되었기 때문에 그렇게 마음껏 공부할 수 있는 행복을 누렸지만 산에서 유명을 달리한 산악 동료의 아이들은 어떻게 학비를 마련할 수 있을 것인가를. 그것이 남의 문제가 아닌 나 자신의 문제라고 여겨졌습니다.

그래서 장학재단 기금 마련을 통해 유자녀들의 학업만이라도 책임지는 것이 함께한 이들에 대한 작은 보답이라고 생각되었습니다. 어떻게든 그것을 실천하고 싶었습니다. 그들이 하고 싶은 공부를 마음껏 하고 있는 모습을 떠올리니 나 자신이 행복해 집니다. 뜻이 있는 곳에 길이 있다는 것을 압니다. 생이 다하는 날까지 그들을 도울 것입니다.

99프로의 절망과 1프로의 희망

99프로의 절망 속에서도 1프로의 희망을 믿고 결국에는 감동의 인생 드라마를 연출한 사람이 있습니다. 고환암, 폐암, 뇌암 등으로 이어지는 죽음의 고통을 극복하며 국제 사이클경기에서 2연패를 달성한 미국의 랜스 암스트롱. 그는 얼마 전 우리나라를 방문해 기상이 좋지 않은 날씨에서도 사이클을 타며 밝고 환한 모습을 보여 주었습니다.

25세라는 젊은 나이에 그는 고환암에 걸렸습니다. 두통과 목의 통증, 기침을 할 때마다 나오는 피, 고통은 이루 말할 수 없었습니다. 그에게 무엇보다 더 절망스러웠던 것은 사이클을 탈 수 없다는 사실이었습니다.

고환암은 폐까지 전이되어 3기에 이르렀습니다. 어쩌면 아이를 가질 수도 없다는 생각, 아니 암이 더 퍼지면 살 수조차 없다는 생각에 두려움이 그의 몸과 정신을 위축시켰습니다.

"걸림돌을 디딤돌로 삼아라."

암스트롱의 어머니가 늘 하시던 말씀입니다. 암스트롱을 운동선수로 만들어 준 것은 바로 그 말이 자신 속에 늘 잠재되어 있었기 때문입니다.

사이클을 타다 보면 자주 걸림돌이 나타나게 마련입니다. 오르막길도 나타나게 마련입니다.

"안 좋은 상황을 좋은 상황으로 만들어라."

그 말은 암스트롱에게 사이클을 타다가 돌부리에 걸려 넘어져도 다시 벌떡 일어나게 했습니다. 돌부리를 밟을 때마다 자전거의 앞발을 살짝 들어 더 앞으로 나가게 하는 법도 터득했습니다. 힘들고 어려운 상황이 오면 오히려 무시하고, 그 고통을 묵묵히 견디고 이겨 내는 힘을 어려서부터 키워 왔던 것입니다.

암스트롱은 암을 이겨 내야겠다는 생각을 했다고 합니다. 암이 사이클경기라고 생각했다고 합니다. 세상에서 가장 긴 경기인 사이클. 추위와 무더위 속을 달려야 하고, 진흙탕 길도 달려야 하고, 때로 세찬 비바람도 맞아야 합니다. 잘못해서 타이어가 펑크 날 때도 있습니다. 그것이 인생인 것이지요. 사이클인 것이지요. 아니 암을 치료하며 극복해 나가는 과정이라고 생각했다고 합니다. 그것을 이겨 낸 뒤에 벅찬 환희와 우승의 기쁨이 있는 것처럼 고통 없이 기쁨이 있을 수 없다는 생각을 했던 것이죠.

가 보지 않은 길도 길이다. 수없이 드러나는 크레바스의 위협을 나는 두 눈으로 똑똑히 새기며 지나쳐 갔다. 잊지 않는다. 그곳에서 보았던 나의 절망과 희망을.

암 치료도 사이클을 타는 과정과 비슷했다고 합니다. 힘이 들어 지치고 탈진이 오는 것도 비슷했고, 숫자를 보며 체크를 하는 것도 마찬가지였을 것입니다. 다만 사이클보다 더 집중해야 했겠죠. 또한 불안해 하거나 조급해 하면 해롭다는 것도 알았을 것입니다. 살아야 한다는 생각을 가지고 매순간 온통 암이라는 사이클을 타는 데 집중해야 했을 겁니다.

그런데 안타깝게도 그의 암은 뇌까지 전이되었습니다. 뇌수술을 해야 하는 절망적인 상황이 온 것입니다. 하지만 뇌수술은 다행히 성공적으로 끝났습니다.

"암아! 넌 사람을 잘못 골랐다!"

"네가 죽느냐, 내가 죽느냐, 붙어보자!"

암스트롱은 암과 싸우기로 작정을 했다고 합니다. 그런데 항암 치료를 받으며 머리가 빠지고, 피부도 탈색되고, 건강했던 근육과 조직세포들까지도 죽어 가는 것을 느끼게 되었죠.

그러나 외로워하던 그의 곁에는 늘 어머니가 계셨습니다. 그리고 그에게 힘을 주었습니다. 헌신적인 도움을 주었습니다. 항암 치료 결과가 좋아지면서 암스트롱은 자신이 암과의 싸움에서 조금씩 이기고 있다는 생각이 들었다고 합니다.

사이클을 달리듯이 그렇게 하나씩 하나씩 장애물을 물리치며 암을 이겨 냈던 것입니다. 암을 이겨 낸 생존자가 된 것입니다.

사이클경기 중에서 가장 권위 있고 명성이 높은 '뚜르 드 프랑스'라는 경기에서 우승을 한 암스트롱에게 만약 승리와 암 극복 중에서 다시 도전한다면 무엇을 택하겠냐는 물음에 암스트롱은 암 극복이라고 말했습니다. 암을 극복하는 과정 속에서 남성으로서, 남편으로서, 그리고 아들로서 배우고 깨달은 것이 너무 많았기 때문입니다.

암스트롱은 투지와 강인한 정신력으로 고통스럽고 힘겨운 암과의 싸움에서 이겨 내고 다시 사이클 우승자가 된 스포츠 영웅입니다.

최근 출간된 그의 책을 읽고 '불가능은 없다'라는 생각을 했습니다.

암스트롱은 말했습니다.

"사람은 생각보다 훨씬 강합니다. 신념이란 인간의 영원한 특성입니다. 자신을 믿고, 의사를 믿고, 치료를 믿고 나을 수 있다는 믿음이 치료를 가능하게 합니다. 두려움은 사람을 서서히 죽게 만들고 부정적인 생각이나 대화, 그리고 냉소주의는 영혼마저 죽게 합니다."

그렇습니다. '할 수 있다'라는 생각이 가득하고 100프로의 신념으로 차 있는 사람에게는 생각은 물론 몸, 정신, 영혼, 그리고 주변의 에너지까지도 이겨 낼 수 있다는 자신감을 만들어 줍니다. 될 수 있고, 할 수 있고, 나을 수 있다는 신념이 그것을 가능하게 하는 우주의

에너지를 불러오게 한다는 것. 그것이 바로 존재의 비밀입니다.

22년 동안 8000미터의 히말라야를 서른여덟 번 오르며 수없이 실패하고, 절망하고, 좌절하면서도 나에게 '할 수 있다, 다시 꼭 해내겠다' 라는 신념이 없었다면 세계 최초 16좌 완등이라는 영예는 없었을 것입니다.

암스트롱은 미국 스포츠 케이블 채널 설문 조사에서 21세기 가장 위대한 운동선수 1위로 뽑혔습니다. 그것은 그가 암을 극복하고 사이클경기에서 우승을 차지했다는 인간 승리의 감동적 사연 때문만은 아니었을 것입니다.

그는 암을 이기고나서 전세계 수많은 암을 앓고 있는 사람들을 위해 암 퇴치 운동을 벌였습니다. '랜스 암스트롱 재단' 을 설립하고 그들을 위한 일이라면 발 벗고 나섰습니다. 그는 암의 고통이 얼마나 처참하고 혹독하다는 것을 알았기 때문입니다.

그가 자선 사업용으로 판매하고 있는 팔찌는 부시 대통령도 착용하여 화제를 모았으며 전세계적으로 5000만 개 이상이 팔려 나갔다고 합니다. 스포츠용 팔찌 '리브 스트롱live strong' 은 이제 단순한 팔찌가 아니라 투지와 자신감, 정신력, 극복, 그리고 나눔의 상징이 된 것입니다.

'1프로의 희망만 있어도 그것을 향해 달려라' 라는 메시지를 우리에게 준 암스트롱의 투지는 체력은 물론 의지마저도 나약해져가는 오늘의 젊은이들에게 많은 것을 시사합니다.

나에게는 희망이 몇 프로나 있을까. 생각해 보세요. 아마도 1프로보다는 많지 않을까요? 그렇다면 답은 무엇일까요. 달려야지요. 자신만의 넓은 초원을 말입니다.

남북 청소년 역사 탐험대

히말라야 16좌 등정을 마친 2007년 8월.

21일간의 일정으로 나는 남한 학생 여덟 명과 탈북자 출신의 새터민 학생 여덟 명으로 이뤄진 '남북 청소년 역사 탐험대'를 이끌고 멕시코, 쿠바 원정을 다녀왔습니다. 윤인구 아나운서와 가수 송봉주, 고한우 씨 등의 멘토를 포함해 방송 요원들까지 모두 서른두 명이 함께 그곳에 갔습니다.

히말라야 8000미터 등반을 하면서 목표한 것이 이뤄지게 되면 내가 산을 통해서 경험하고 느낀 것을 자라나는 청소년들에게 전해주는 일을 해야겠다고 생각했습니다. 그것이 내가 해야 하고, 또 할 수 있는 일이라고 여겨졌습니다. 그러한 때에 마침 좋은 인연이 되어 남북 역사 탐험대에서 내게 원정 대장이라는 중책을 맡겨 주셨습니다.

그 당시의 원정은 남북 청소년들이 '애니깽'으로 불렸던 쿠바, 멕시코 노예이민자들의 발자취를 돌아보자는 취지로 마련된 것이었습니다.

100여 년 전 그곳으로 떠나 힘든 노동을 하면서도 고국에 독립 자금을 보내고 2세를 위해 학교를 세웠던 그들과 그 2세들을 만나, 아픈 역사를 체험하며 과거를 돌아보고, 또 미래를 바라보자는 의도였습니다. 모두 330여 명이 넘는 청소년들이 응시한 끝에 최종적으로 열여섯 명의 탐험대가 선발되었습니다.

원래 애니깽은 식물의 이름입니다. 아주 척박한, 또는 건조한 사막지대에서 뜨거운 태양빛을 받으며 자라나는 선인장입니다. 굉장히 큰 식물로서 줄기가 긴 것은 1.5, 2미터 정도가 되고, 큰 것은 2, 3미터 정도 되는 것도 있습니다. 그리고 줄기에는 가시가 있습니다.

100년 전에 한국 이민자들이 그곳에서 처음 한 작업이 농장에서 애니깽을 자르는 일이었습니다. 당시만 해도 나일론이라는 섬유가 없었기 때문에 그 줄기를 채취한 후 가공해서 끈과 줄로 썼습니다. 그 채취 작업을 하기 위해서 한국에서 약 1천 명 이상의 선조들이 제물포항을 출발해 오랜 항해 끝에 그곳에 도착했습니다.

학생들과 함께 나도 그 일을 해 보았는데, 너무나 강렬한 햇살 아래, 또 무더위 속에서는 어려운 작업이었습니다. 줄기에 가시가 있어서 더욱 힘들었습니다. 더구나 가시에는 독이 있습니다.

당시 이주한 한국인들은 환경이 너무나 열악했지만 달리 생계를 유지할 방법이 없으니까 그 일을 할 수밖에 없었습니다. 일하는 과정에 손가락이 잘려도 낫을 손에 감고 손목으로만 일을 했다고 합니다. 말도 잘 통하지 않는 이역만리에서 그들이 겪었을 고통을 생각하니 너무나 슬퍼졌습니다.

작업을 마친 후 청소년들과 함께, 교민들과 한인 2세들을 만났습니다. 피부색은 물론 언어 또한 이젠 다 현지인이 되었죠. 그럼에도 불구하고 한민족의 뿌리라는 것을 잊지 않으려고 노력하는 모습이 대견했습니다.

문화를 배우고, 언어를 배우고, 우리 청소년 탐험대원들과 어울리기 위해 많은 애를 썼습니다. 한민족의 후손이라는 자부심을 가지고 있기 때문에 상당히 쉽게 가까워지고 별 어려움 없이 친하게 되었습니다. 또 그새 정이 들어서 헤어질 때는 서로 얼싸안고 눈물도 함께 흘렸습니다.

멕시코에서는 4900미터의 이시와뜰 산에 올랐습니다. 정상 부근에 눈이 쌓여 있어서 접근하기 어려웠으므로 우리는 4200미터 정도까지만 올라갔습니다. 높은 산을 오를 때에는 저지대에서부터 천천히 올라가야 하는데, 그곳은 3900미터까지 차가 올라가는 것이었습니다. 많은 대원들이 고산증을 겪을 것이 분명하기 때문에 나는 그보다 낮은 3600미터부터 시작하자고 했습니다. 그럼에도 불구하고 많은 대원들이 고통을 호소했습니다. 그래도 모든 대원들이 대장의 말을 따르며 침착하게 임했기 때문에, 사고 없이 전 대원이 다녀올 수 있었습니다.

광복절인 8월 15일에는 우리 한인 선조들이 가장 먼저 도착했던 항구 인근에 있는 메리다공원에서 8·15 독립기념행사를 가졌습니다. 한마디로 너무나 감동적이었습니다. 100여 년 전 한인 선조들이 입항해서 첫발을 내딛은 그곳에서 62주년 광복절 행사를 현지 교민들, 한인 2세들과 함께했습니다. 우리나라 멕시코 대사도 참여하고 현지 관료들도 참여했습니다. 우리 탐험대원들은 태권도 시범을 보여 주었으며 현지의 한인 2세들은 어깨너머로 배운 한국춤을 추었습니다.

처음 원정 대장직을 제의 받고 마음속으로 걱정을 많이 했습니다. 과연 남북한 청소년들이 문화적 차이를 극복하고 화합을 이룰 수 있을 것인지에 대해서…. 하지만 내가 생각한 것 이상으로 탐험대원들이 너무나 열심히 자기 일처럼 타인을 먼저 배려해 주었습니다. 그래서 20여 일 동안 아무 탈 없이 호흡을 잘 맞출 수 있었습니다.

나는 그들에게 내가 히말라야 16좌를 등정하면서 배운 도전정신, 모험정신, 개척정신을 전해 주고 싶었습니다. 무엇보다도 중요한 것은 자기 자신을 이겨 내는 것이며, 그것이 더 힘들고 어려운 것이라는 것을 말해 주었습니다. 그리고 애니깽과 같은 슬픈 역사를 되풀이하지 않기 위해서는 스스로 힘을 길러야 한다는 것을 그들도 배웠을 것입니다.

남북의 청소년들은 모두 행사에 참여하게 된 것을 영광으로 생각하고 감사했습니다. 너무나 많은 것을 보았으며 인생을 살아가면서 굉장히 큰 하나의 전환점이 되었다고 했습니다. 처음에는 어리게만 보였던 그들은 출발 전보다 훨씬 성숙해 진 어른이 된 것 같았습니다.

지구 최남단 끝 최고봉에 오르다

"왜 산에 오르는가."

산에 오르는 이유를 묻는 사람들에게 나는 되묻습니다.

"왜 사는가."

그렇습니다. 산은 나에게 존재의 이유이며 삶의 전부이기 때문입니다. 태어났음으로 살아야 하는 것처럼 산이 거기 있기에 오르는 것입니다. 글을 쓰지 않으면 존재의 의미가 없다는 어느 작가처럼, 연기가 없으면 삶이 아니라고 말한 어느 배우처럼, 산이 없으면 나는 내가 아닙니다.

세계에서 가장 높다는 8000미터 16좌를 모두 오르고나자 어떤 사람들은 이제 더이상 오를 산이 없지 않느냐고 묻기도 합니다.

그렇지 않습니다. 산은 정복이 아니라 배움이고 수행입니다. 높은 산을 오르는 것은 그만큼의 높은 경지와 정신을 본받고 싶어서입니다. 낮은 산은 낮은 산대로 저마다의 정기와 깨달음을 품고 있습니다.

16좌를 마치고 이번에 오른 남극의 최고봉 빈슨매시프4897미터는 어느 나라의 영토에도 소속되지 않은 지구의 최남단에 우뚝 솟은 설산입니다. 오래전부터 오르고 싶은 산이었죠. 세상의 최남단 꼭대기에 올라 본다는 것, 얼마나 멋진 도전입니까. 이번 빈슨매시프 산행은 파고다교육그룹 고인경 회장님과의 우정의 의미가 더 컸습니다.

3년 전, 고인경 회장님의 환갑 기념으로 아프리카 최고봉 킬리만자로5895미터를 단 둘이 오른 적이 있었습니다. 그때 14좌 그리고 16좌 완등을 하고 나면 빈슨매시프에 오르자는 약속을 했었죠.

LA공항에서 칠레 항공을 갈아타고 칠레 산티아고에 도착했습니다. 그리고 다시 칠레 국내선으로 갈아타서 남미 땅끝 도시 푼타아레나스에 도착했죠. 남극은 정말 멀었습니다. 악천후 때문에 비행기가 뜨지 않아 푼타아레나스에서 나흘을 기다리다가 드디어 남극 비행기를 탔습니다. 마젤란 해협과 벨링스하우젠 해양을 건너 패트리어트힐 빙하에 착륙했으나 또 기상 악화로 4일을 기다려야 했습니다. 그리고 12월 23일, 경비행기로 드디어 빈슨매시프 베이스캠프에 도착했습니다.

백야. 하루 종일 어둠이라고는 단 한 올도 찾아볼 수 없는 눈부신 백야 속에서 눈을 가리고 잠을 청해야 했습니다. 다음 날 7일 간의 식량과 장비, 연료 등 30킬로그램 이상의 짐을 썰매에 싣고 다섯 시간을 걸어 황량한 설원인 로우캠프2700미터에 도착했죠. 나는 4, 70도의 경사면을 오랜 산행 덕에 스틱만으로도 오를 수 있었지만 돌아보니 고인경 회장님은 고정로프에 몸을 확보하고 카라비너(자일을 연결하는 철제 고리) 안전핀을 열었다 닫으며 급경사의 설벽을 오르고 계셨습니다. 나는 문득 가슴이 짠해졌습니다. 산사람들의 우정은 산처럼 깊고 높고 또 말이 없습니다. 환갑이 넘었음에도 설벽을 오르시는 고 회장님의 건강과 영원한 우정을 빌며 사진 한 장을 찍었습니다.

산에서는 땀을 흘려서는 안 됩니다. 더울 땐 벗어 말리고 추울 때는 입어 일정 체온을 유지해야 합니다. 아무리 기능성의 옷이라고 해도 땀을 많이 흘리면 갈아입어야 합니다. 고회장님께 수차례 말했던 것을 나 스스로도 상기하며 설벽을 올랐습니다. 발아래 펼쳐지는 아득한 설봉우리들. 저 원시의 땅들…. 멀리서 보이는 능선만 넘으면 될 것 같았는데 도달하고 보면 또다시 펼쳐지는 능선들. 끝없이 이어지는 눈 속의 능선들….

'삶도 그러하리라.'

정상으로 가는 12월 28일 아침. 침낭 발치에 둔 물통과 소변통이 모두 얼어 있었습니다. 매서운 바람과 혹독한 강추위, 어느 산의 정상이든 마찬가지겠지만 그곳도 정상 부분에 이르러서는 체력보다는 정신력이었습니다. 암벽을 옆으로 타고 걸었습니다. 드디어 정상 4897미터. 고회장님은 무릎을 꿇고 두 손 모아 감사의 기도를 올렸습니다.

정상으로 오르면 세찬 바람과 강추위, 그리고 안전하게 다시 하산해야 한다는 생각에 대부분 다른 생각을 할 겨를이 없습니다. 함께 산을 오르다 산에서 운명한 동료 대원들의 사진을 묻고 그들을 위한 기도를 드리기도 하지만 가끔은 정상에서 짧게 생각을 합니다.

'이 산의 정신은 무엇인가. 나는 이 산의 최고 경지에 올라 과연 그 정신과 경지를 이해할 수 있는가. 아니다. 모른다.'

내가 자꾸 산을 오르는 이유는 마음 한 구석에 산의 높은 정신을 아직 배우지 못해서, 아니 배우고 싶은 것이 남아 있어서일 것입니다.

높은 산일수록 겸허합니다. 아무리 세찬 바람이 불고 강추위가 몰아친다 해도 산의 본마음은 겸허입니다. 묵묵함입니다. 도전이란 언제나 그 대상 앞에 겸허해야 합니다. 그래야 산이 마음을 엽니다. 겸허하다는 것은 그만큼 높다는 것입니다.

'겸허. 산을 오르며 이제 나는 그것 하나 배웠을 뿐. 얼마나 더 많은 산을 올라야 그 정신과 더 낮고 깊은 겸허를 배울 수 있을까.'

정상에서 하이캠프로 돌아와 늦게까지 잠을 자고 휴식을 취한 후 빈슨매시프를 내려왔습니다. 그때 고인경 회장님의 이가 부러졌다는 것을 알게 되었습니다. 로우캠프를 오를 때 고정로프에 걸린 카라비너를 바꿔 끼면서 부딪쳐 앞니가 부러졌는데, 정상을 앞두고 괜히 내게 걱정을 끼칠까 봐 말씀을 하지 않으신 것입니다. 안타까움과 함께 문득 고회장님이 빈슨매시프 산이 지닌 침묵과 배려를 배우셨을 것이라는 생각이 들었습니다.

4897미터 높이의 빈슨매시프를 내려오며 내 마음에는 4897미터 깊이만큼의 우정이 쌓였다는 것을 알게 되었습니다. 때로 사랑은 변하기도 하지만 우정은 마주 보고 있는 봉우리들처럼 서로 말없이 오래 바라보며 변하지 않는다는 것을 산사람들은 알고 있습니다.

2007년 12월. 크리스마스도 없고, 연말도 없고, 오직 세찬 바람과 강추위, 그리고 가도 가도 끝없는 설원과 봉우리들만 펼쳐지는 남극의 빈슨매시프에서 20일을 보내며 내 마음에 그 산을 담았습니다.

'훗날 내 마음이 어지러울 때 어느 나라의 영토도 아닌 지구 맨 끝에 자유롭게, 그러나 홀로 우뚝 선 빈슨매시프를 꺼내리라.'

백두산으로 간 아이들

2008년 5월 2일에서 4일까지 백두산 희망 프로젝트에 참여했습니다. 정상적인 생활을 하기에는 너무도 어려운 수준의 장애를 가진 아이들과 함께 말입니다. 한국의 장애 어린이, 중국의 사랑의 집 소속 소년소녀 가장 등 40여 명이 참가했습니다.

이번 백두산 휴먼 트레킹은 정상적인 어른들도 힘든 코스였습니다. 강풍이 불어오고 흙먼지가 얼굴을 때려도 아이들은 장애의 몸임에도 불구하고 묵묵히 올랐습니다. 한 걸음 한걸음 내딛는 발걸음이 그들에게는 너무나 힘들고 소중한 걸음이었습니다.

승하사, 장백폭포, 달문을 지나 천지에 이르는 2킬로미터의 코스를 올랐습니다. 그 산행에는 40도로 경사가 심한 900여 개의 계단도 있었습니다. 어른들도 산 중턱 장백폭포까지만 오를 정도로 힘든 코스입니다. 그러나 장애 어린이들은 단 한 명도 포기하지 않고 우리나라에서 가장 높은 백두산을 올라 천지에 도달했습니다. 땀으로 온몸이 범벅인 아이들이 저마다 감격의 소감을 말했습니다.

"해냈어요."

"너무 힘들었지만 포기하지 않았어요."

"또 한 번 도전하고 싶어요."

"영원히 간직하고 싶습니다."

선천성 지적 장애를 가진 초등학교 5학년 김지언 어린이를 비롯해 한국에서 온 장애 어린이 네 명과 중국 연변에서 온 어린이 모두 아홉 명의 손을 잡고 백두산 정상에서 나는 크게 외쳤습니다.

"도전!"

더 큰 목소리로 아이들이 따라 외쳤습니다.

"영원히, 영원히, 영원히!"

"우리는 하나다!"

"도전! 영원히! 영원히!"

그렇습니다. 세상에서 가장 힘들면서도 아름다운 말이 도전입니다. 산은 그것을 가르쳐 주고 또 그들의 감정과 마음을 읽습니다.

아이들과 산을 내려오며 나는 만감이 교차했습니다. 그들이 백두산 정상을 밟은 벅찬 감정을 너무도 잘 알고 있기 때문입니다. 그것은 정상인이 해낸 등정보다 더 깊은 의미가 담긴 산행이었습니다.

우리는 산행의 힘든 과정을 통해서 육체의 한계를 극복해 내게 됩니다. 어렵고 힘들게 이루어 낸 등정을 통해서 앞으로 그 어떤 어려움도 이겨 낼 수 있다는 용기와 자신감을 갖게 됩니다.

그렇게 산은 약한 사람들을, 힘든 사람들을 키워 내고 건강하게 해 줍니다. 산은 그저 오르는 것만이 아닙니다. 산이라는 이름이 내포하고 있는 의미는 높은 것만이 아닙니다. 산은 생명입니다. 모두가 마음속에 살아 있는 산 하나를 품고 살았으면 좋겠습니다.

그 산이 8000미터이건, 800미터이건, 아니면 동네 작은 뒷산이건 간에 자신만의 산을 간직하십시오. 그래서 힘들 때, 어려울 때, 슬플 때, 고통스러울 때 자기 마음속에서 푸른 산 하나를 꺼내어 올라가십시오.

자기 마음속에서 부는 비바람과 강풍을 지나다 보면 어느새 샘물이 흐르고, 새소리도 들리고, 메아리가 되돌아오는, 그래서 다시금 어떻게 살아야 할지를 마음의 산이 가르쳐 줄 것입니다.

히말라야의 희망

얼마 전 TV에서 방영된 다큐멘터리 6부작 「차마고도茶馬古道」를 재미있게 보았습니다. 차마고도는 실크로드보다 200년 앞서 만들어진 세상에서 가장 오래된 육상 무역로입니다. 중국 윈난성과 쓰촨성에서 티베트를 넘어 네팔, 인도, 파키스탄까지 이어지는데 윈난성과 쓰촨성의 차와 소금을 티베트의 말과 서로 교환을 했다고 해서 차마고도라고 불립니다.

해발 4000미터가 넘는 험준한 길을 따라 상인들이 야크를 이용해 짐을 싣고 차마고도를 이동하는 것을 보신 분들은 어떤 생각을 하셨을까요. 비가 오고 때로 눈이 오는 그 길, 자칫 발을 잘못 디디면 천길 낭떠러지로 떨어져 버리고마는 그 좁은 산길을 따라 야크와 상인들의 행렬이 이어집니다. 위험해 보이지만 주변으로 펼쳐지는 차마고도의 아름다운 자연 풍경들….

히말라야에도 차마고도처럼 아름다운 산길과 풍경들이 있습니다. 그리고 그곳에는 늘 아이들이 있습니다. 때로 아름다움은 멀리서 보는 자들에게만 아름다울 뿐 그 속에서 생존하는 현지인들에게는 먹고살기 위해 넘어야 할 힘든 배경일 수도 있습니다.

소나기가 쏟아지는 차마고도의 들판에서 한 소년이 야크를 몰고 가는 것을 보다가 나는 문득 히말라야의 아이들이 떠올랐습니다. 히말라야의 아이들도 그들과 똑같이 생존의 삶을 삽니다. 문명의 혜택도 없습니다. 먹을 것이 없어 하루 한 끼, 많으면 두 끼를 먹습니다.

네팔은 가난한 나라입니다. 빈부격차가 가장 큰 나라 중 하나이지요. 카트만두는 내전 중이고 일주일에 한두 번씩 전기도 끊어집니다. 대부분의 아이들이 일터로 돈을 벌기 위해 나갑니다.

네팔 히말라야 고산에 사는 아이들은 더 열악합니다. 차마고도를 오가며 소금과 차를 말과 바꾸는 상인들처럼 히말라야의 아이들도 높고 험준한 산을 다니며 야크를 키우고 감자와 옥수수를 키웁니다. 잘 먹지 못해서 대부분의 아이들이 작습니다. 일곱 살쯤 되어 보이는 아이가 실제 나이는 열한 살이었습니다. 그들은 일곱 평 남짓한 집에 다섯 명, 많게는 여덟 명의 가족들이 모여 삽니다. 공부방은 찾아볼 수도 없습니다.

겨울이면 히말라야에서 불어오는 매서운 바람과 추위에 볼이 푸르게 얼어 버립니다. 여름이면 산과 들을 다니며 밭일과 가축을 돌봅니다. 히말라야를 오르기 전에 나는 먼저 그 마을을 지나칩니다. 그리

히말라야 아이들은 늘 감사함을 잊지 않았다. 그들의 초롱초롱한 눈망울에 담긴 히말라야는 영원한 꿈과 희망을 노래하고 있었다.

고 우리 일행을 빤히 쳐다보고 있는 아이들의 눈망울을 만납니다. 가난하고, 먹을 것이 없고, 어렵지만 그들의 눈망울은 세상 어느 거울보다 맑습니다. 순수합니다. 청아합니다. 힘들어 하는 기색이 없고 그저 그것이 행복인듯 평화로워 보입니다. 자연을 닮아서 그런 것일까요. 초롱초롱한 눈망울 속에 히말라야의 맑은 날들이 들어 있는 것 같습니다.

2004년 나와 함께 히말라야에 갔었던 가수 이문세 씨는 우리가 가진 풍족함이 부끄럽고, 그들이 가진 순수함이 부럽다고 말했습니다. 무엇보다 아이들의 낙후된 교육환경에 조금이라도 도움을 주고 싶다고 했습니다. 그것은 비단 이문세 씨만이 아니더라도 히말라야를 가본 사람들이라면 모두 느낄 수 있을 것입니다.

그 말에 실천이라도 하듯이 이번 5월 15일에 이문세 씨는 박상원 씨와 함께 네팔로 떠납니다. 히말라야 다딩지역에 위치한 날랑 마을로 일주일간 봉사활동을 하러 가는 것이죠. 그곳 오지마을에 사는 아이들에게 학용품과 운동시설도 마련해 준다고 합니다. 산을 좋아하는 방송인, 연예인 등 모두 열일곱 명이 모여 떠나는 히말라야 원정대. 이번 원정에서 대장을 맡은 이문세 씨의 마음 씀씀이가 따뜻하게 느껴집니다.

이번 원정에서는 40년을 훌쩍 넘겨 쓰러져 가는 낡은 교실과 더럽고 오래된 화장실을 시멘트 건물과 수세식 화장실로 교체하는 공사도 할 예정이라고 했습니다. 그들은 히말라야에서 얻은 감동과 순수함을 가난한 네팔의 아이들에게 돌려주고 싶다고 했습니다. 네팔의 아이들에게 조금이라도 도움이 되고 희망적인 일이라면 그 어떤 여행이나 산행보다도 값진 일이 아니겠냐는 그들은 방송인, 연예인이기 전에 진정한 산악인들입니다.

우리 돈으로 천 원이면 네팔의 한 어린이가 하루 세 끼를 배부르게 먹고, 학교에 다닐 수 있습니다. 가난해서 밥을 굶는 우리나라의 어린이들도 많지만 네팔은 대다수의 어린이들이 그렇습니다. 그럼에도 불구하고 맑고 순수한 그들의 눈을 보면 미소 짓지 않을 수 없습니다. 과자라도 한 봉지 사 주고 싶습니다.

"닷네밧!"

감사라는 뜻입니다. 히말라야의 아이들에게 무언가를 사 주면 그 말을 꼭 잊지 않습니다. 그들의 삶은 가난하지만 그들의 마음은, 눈망울은 산처럼 깊고 높습니다.

그들은 오늘도 차마고도의 상인들처럼 야크를 몰고 히말라야의 산을 오릅니다. 하루에 한두 끼니를 때우기 위해서 말입니다. 문득 히말라야 아이들에게는 그런 고달픈 하루하루가 행복이고 즐거움일지도 모른다고 생각이 들었습니다. 아이러니한 일이 아닐 수 없습니다. 어쩌면 그들은 육체보다 더 높은 정신을 은연중에 히말라야 산에게 배웠을지도 모릅니다. 그들의 눈망울과 미소가 그것을 말해 주니까요. 그래도 그들이 교육의 혜택만은 받았으면 좋겠습니다.

그들을 배경으로 펼쳐지는 풍경이 차마고도의 풍경처럼 너무 아름답고 푸릅니다.

수도 없이 히말라야를 오르면서 나는 그곳의 많은 사람들에게 도움을 받았습니다. 나 역시 히말라야에서 얻은 감동과 영광을 그들에게 돌려주고 싶습니다. 내가 해야 할 일들 중에 하나가 그 아이들을 위한 일입니다.

이제 다시 시작입니다

내 인생의 반을 히말라야에서 살았습니다. 해마다 3월에서 5월이면 히말라야에서 산을 오르고 있었죠. 작년 5월 히말라야의 마지막 최고봉우리 16좌를 완등하고, 올해는 모처럼 3월, 4월, 5월을 도시에서 지내자니 무척 낯섭니다. 수많은 강의와 방송, 인터뷰, 약속에 불려 다니다 보니 숨이 막힐 지경입니다. 휴대전화도 꺼 놓고 싶습니다.

도시에서의 호흡곤란은 히말라야에서 겪는 호흡곤란과는 다른 차원입니다. 어떻게 보면 도시의 사람들도 호흡을 가쁘게 몰아쉬며 산을 오르고 있는 것인지도 모릅니다. 자신만의 '산'을 오르기 위해서 말입니다. 무척 힘들어 보입니다. 뿌연 매연과 황사, 요란한 기계음 속에서 사람들이 오르려고 하는 것, 도달하려고 하는 것은 무엇일까 궁금해 집니다.

많은 사람들이 내게 왜 높은 산을 오르는가를 묻는 것처럼 나도 사람들에게 물어보고 싶습니다. 그렇게 바쁘게, 너무도 빨리, 어디로 가고, 무엇에 도달하려고 하는 것인지를….

13년 만에 첫봄을 도시에서 맞이했습니다. 도시의 사람들처럼 나 또한 바쁘게 살아가야 하다 보니 적응이 잘되지 않습니다. 하루 종일 돌아다니다가 집에 돌아오면 피곤함에도 불구하고 잠이 오지 않습니다. 눈앞에 설산이 펼쳐집니다.

'지금쯤이면 히말라야 7000미터쯤 높이의 텐트에서 잠을 자며 내일 아침 어떻게 정상을 올라가야 할 것인가를 생각하고 있을 시간인데…. 내일은 날씨가 맑으려나 눈이 오지 말아야 하는데, 바람도 없었으면 좋겠는데, 아픈 대원들은 없는가….'

그런 생각을 하고 있을 때인데 내일 아침부터 잡혀 있는 강의와 방송 일정을 생각하면 머리가 아파 옵니다.

그럼에도 불구하고 나를 꼭 필요로 하는 곳이 있으면 찾아가려 합니다. 그들에게 나의 경험이 도움이 되고, 힘이 되어 준다면 기꺼이 강연을 하거나 그들과 함께 산을 오르고 싶습니다.

나는 이제부터 내가 해야 할 일이 무엇인지 잘 알고 있습니다. 내가 지금 살아 있는 것은 히말라야의 신이 나에게 해야 할 일을 주셨기 때문입니다. 산을 내려가서 그 일을 하라고 살려 주신 것이겠죠. 그 일이란 바로 나눔입니다.

가난과 환경으로 고통을 받고 있는 어린이들, 장애를 운명으로 받아들이고 사는 아이들을 돕고 힘든 이웃들에게 희망을 전해 주는 일입니다. 그것은 비단 우리나라에만 국한된 것이 아닙니다. 계속되는 내전으로 먹고살기 힘든 네팔 인들과 교육 한 번 제대로 받아보지 못한 아이들, 그리고 전세계 가난한 사람들까지 포함됩니다.

내가 앞으로 올라야 할 산들은 바로 이웃들이 겪는 아픔과 고통의 산입니다. 어쩌면 그 산은 히말라야보다 더 높을지도 모릅니다. 더 춥고, 외로울지도 모릅니다. 그러나 이것이 앞으로 내가 해야 할 일이란 것을 압니다. 그렇지 않았다면 히말라야의 신은 나를 살려서 돌려보내 주지 않았을 것입니다.

생각하건데, 내가 살아 있다는 것은 기적입니다. 어떻게 살아서 돌아왔을까. 히말라야는 말로 표현할 수 없는 곳입니다. TV에서 히말라야를 오르는 장면을 보신 분들이 많겠지만 그것은 지극히 일부입니다. 카메라를 들고 있기에 아주 안전하고 편안한 장소에서 찍은 것이니까요. 그런 곳에서도 힘들어 호흡을 가쁘게 몰아쉽니다. 그러니 그보다 더 높고 위험이 도사리고 있는 8000미터 지점은 어떨까요. 8000미터까지는 카메라맨들도 올라가지 못합니다. 체력과 정신력, 그리고 기술적으로 너무나 위험한 곳이 많기 때문에 베이스캠프에서 대기할 뿐이죠.

수많은 산악인들이 히말라야를 오르다가 죽음을 맞이하고, 혹은 동상에 걸려 손가락이나 발가락을 잘라 내고, 설맹에 시력을 잃고, 부상을 당합니다. 그런 사람들은 한두 명이 아닙니다. 그런 곳에서 살아 돌아왔다는 것은 정말 기적입니다.

라마제단에 향을 피웠다. 그리고 이제 도시에서 나의 향은 피어오를 것이다. 비록 히말라야의 불씨는 사그라졌지만 내가 서 있는 이 땅에서 나만의 불씨를 지필 것이다.

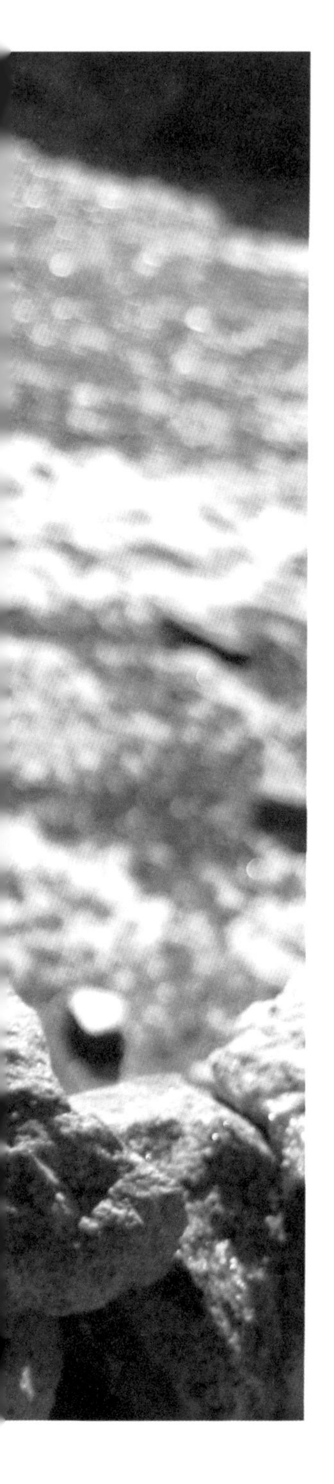

나도 장애인입니다. 히말라야를 오르다 얻은 동상으로 오른쪽 발가락을 절단했고, 안나푸르나를 오르다가 발목이 180도로 돌아가는 부상으로 다리에 쇠핀을 박았습니다. 지금도 오른발의 뒤꿈치는 땅에 댈 수 없습니다. 경사면을 오를 땐 한쪽 발 앞부분으로 걸어야 합니다. 가끔씩 다친 다리의 발목이 쑤시고 아픕니다. 그래도 또 산에 올랐습니다.

오르고 올라 16좌를 완등하고 돌아오면서 나는 첫 번째로 산에서 유명을 달리한 후배 동료들과 그의 가족들을 위해, 그리고 이 세상에 나눔이 필요한 사람들을 위해 살아야겠다는 생각을 했습니다. 그것이 히말라야의 신이 나를 살려서 돌려보내 준 이유입니다.

올해 초부터는 KBS 사랑의 리퀘스트 1프로 나눔 행사에 참여했습니다. 개발도상국가 어린이들이 잠재력을 발휘할 수 있도록 도와주는 단체에서 네팔의 아이들과 희망 원정대를 꾸려 사랑의 나눔 트레킹도 했습니다.

나는 내가 해야 할 일이 무엇인지 깨닫고부터

많은 사람들을 만났습니다.

여섯 살 때 난로 옆에서 놀다가 치마에 불이 붙어 얼굴과 가슴에 심한 화상을 입은 14세 은혜를 만났습니다. 공공근로를 하는 가난한 어머니는 은혜의 수술비를 감당할 수 없었습니다. 그래서 나는 은혜에게 희망을 주는 역할을 했습니다.

또 중학교 1학년 때 순간온수기 폭발사고로 전신의 55프로 화상을 입은 자열이. 스무 차례의 피부이식수술을 받아 양손과 얼굴의 기능은 부분적으로 회복되었지만 아직도 사람들 앞에 서는 것을 두려워합니다. 지금은 고등학교 3학년이 된 자열이에게 이 세상 앞으로 한 발자국 더 나아가라고 용기를 주는 역할도 했습니다.

그들과 함께하며 나는 더 많은 것을 배웁니다. 내가 과연 그들에게 희망과 용기를 주었는가. 조금 더 다가가 그들을 이해할 수 있었는가. 많이 부족하겠지만 내가 오래 산을 다니면서 산을 이해한 것처럼 점차 그들 속으로 들어가며 그들을 이해할 수 있을 것입니다. 이 세상 힘들고 고통 받는 사람들을 위해 본격적으로 뛰어들어야겠다는 생각을 했습니다. 무엇보다 중요한 것은 조용히, 그리고 겸허하게 말입니다.

2008년 5월 28일. 엄홍길 휴먼 재단을 설립합니다. 우리 사회가 한 단계 발전하기 위해 필요한 꿈과 희망, 불굴의 도전정신, 서로 돕고 협조하는 나눔의 정신이 나 혼자만의 힘으로는 안 될 것 같았습니다. 그래서 주변 분들에게 도움을 청했습니다.

하지만 이 일도 그렇게 쉽지만은 않을 것입니다. 그러나 내가 무엇인들 못해내겠습니까. 그동안 산을 오르며 배운 자신감과 불굴의 도전정신이 나를 도와줄 것이라 믿습니다.

엄홍길 휴먼 재단에서는 우리 사회에 꿈과 희망의 메시지를 전달합니다. 미래의 희망인 청소년들에게 자연을 접하고 이해하는 체험을 통해 생태계에 대한 관심과 애정을 북돋으려 합니다. 그리고 등반과정에서 필요한 리더십, 동료애, 팀워크를 체험하게 함으로써 산 체험으로써의 등반정신을 이해시키려고 합니다.

어려운 여건 속에서도 용기를 잃지 않고 살아가는 소년소녀 가장들, 그리고 장애인들과 함께하는 산행을 통해 서로를 격려하고 어려움을 이겨 나갈 수 있는 정신을 가르치고 싶습니다. 네팔을 포함한 빈곤 국가에 교육과 의료 지원도 하고 싶습니다. 그리고 등반 도중 부상당하고 유명을 달리한 산악인과 셰르파, 그리고 그들의 가족들에게 도움을 주고 싶습니다.

돕고, 나누고, 이해시킨다고 하지만 사실 그분들을 통해 내가 더 많이 이해하고, 배우고, 도움을 받아야 할 것 같다는 생각이 듭니다.

이제 다시 시작입니다.

히말라야의 8000미터 고봉을 올랐듯이 이제는 내 인생의 8000미터 산을 오르려고 합니다. 그 목표를 향해, 꿈을 향해 또다시 나의 새로운 도전이 시작되었습니다.

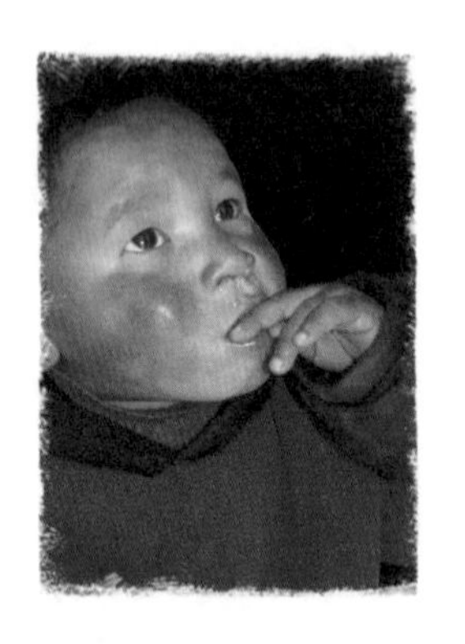

작은 것 하나에도 만족할 수 있었던 어린 시절이 있었습니다. 그때는 더 많이 갖기 위해 애쓰지 않아도 행복했습니다. 좀더 내려놓고, 좀더 비워 두고, 좀더 천천히 간다면 어린 시절의 여유로움도 다시 찾아올 것입니다. 이제 나눔만이 살 길입니다. 어려운 여건 속에서도 꿈과 희망, 용기를 잃지 않는 아이들을 위해 우리는 그들의 희망이 되어야 합니다. 히말라야 8000미터에서 보았던 나의 희망과 꿈을 어려운 이들과 함께 나누고 싶습니다. 그리고 함께 살아가고 싶습니다.

학력

2006 한국외국어대학교 중국어과 졸업
2006 한국외국어대학원 체육교육학과 재학
2005 한양대학교 최고엔터인먼트과정 수료

현재

상명대학교 석좌교수, (사)대한산악연맹 이사,
파고다아카데미 홍보이사, (주)트렉스타 기술이사

주요 경력

현재 플랜인터네셔날 한국위원회 홍보대사
현재 한국청소년문화원 홍보대사
현재 (사)한국올림픽 참피온클럽 홍보대사
현재 한국외국어대학교 홍보대사
현재 의정부시 홍보대사
현재 기상청 홍보대사
현재 부산교육청 홍보대사
현재 2008함평세계나비·곤충엑스포 홍보대사
현재 아시아기자협회 홍보대사

수상 경력

체육훈장 거상장, 체육훈장 맹호장, 한국대학 산악연맹 올해의 산악인상, 한국 유네스코 서울협회 올해의 인물 선정상, 대한민국 산악대상, 체육훈장 청룡장, 해군을 빛낸 예비역 선정상, 로얄 살루트 50년 탄생기념 장인상, 한국산악회 창립60주년기념 황금피켈상, 환경재단 2005 세상을 밝게만든 100인선정상, 2007 파라다이스 특별공로상, 아레나-아우디 공동제정, 2007 A-어워드 카리스마상, 2008 한국외국어대학교 CHALLENGE상

세계 8번째 아시아 최초 히말라야 8000미터 14좌 완등
세계 최초 히말라야 8000미터 16좌 완등

1988 가을 에베레스트 8848미터 네팔
1993 가을 초오유 8201미터 중국 티베트
1993 가을 시샤팡마 8027미터 중국 티베트
1995 봄 마칼루 8463미터 네팔
1995 여름 브로드피크 8047미터 파키스탄—한국 초등정
1995 가을 로체 8516미터 네팔
1996 봄 다울라기리 8167미터 네팔
1996 가을 마나슬루 8163미터 네팔
1997 여름 가셔브룸 I 8068미터 파키스탄
1997 여름 가셔브룸 II 8035미터 파키스탄
1999 봄 안나푸르나 I 8091미터 네팔
1999 여름 낭가파르바트 8125미터 파키스탄
2000 봄 칸첸중가 8586미터 네팔
2000 여름 K2 8611미터 파키스탄
2001 봄 로체 8516미터 네팔
2001 가을 시샤팡마 8027미터 중국 티베트
2002 봄 에베레스트 8850미터 네팔
2003 봄 에베레스트 8850미터 중국 티베트
2004 봄 얄룽캉 8505미터 네팔
2005 봄 에베레스트 중국 티베트—휴먼 원정대
2007 봄 로체샤르 8400미터 네팔